孤独或类似的东西

孤独か、それに等しいもの

〔日〕大崎善生 著　崔健 译

天津出版传媒集团
百花文艺出版社

新经典文化股份有限公司
www.readinglife.com
出　品

孤独或类似的东西

目录

八月的倾斜 / 1

慢慢地下坡吧 / 41

孤独，或类似的东西 / 57

共鸣 / 97

灵魂之笼 / 121

八月的倾斜

1

八月的那个早上，无疑，我将要失去些什么。

那是个再普通不过的早上，一如往常。依旧是在七点闹铃快要响起时醒了过来，依旧是醒来时紧紧地把枕头抱在胸前，依旧闻到了屋外穿行而过的公交车尾气隐约的味道，依旧晃着还没清醒过来的脑袋呆呆地望着根本不会响的电话。这些大概也都一如往常。从床上一跃而起，脱下睡裤扔到一边，去洗漱台前刷牙。就连对飞溅到镜面上的牙膏渍心生的厌恶感，都切合我迎接新一天到来的方式。

刷牙，然后洗脸。

镜子中映出一张比二十七岁该有的模样幼稚的呆板麻木的

脸，一张自从十四岁生日那天我就开始讨厌、一直讨厌了十三年的脸。

终于下定决心开始往这张脸上涂口红，我一边找溅到镜面上的白色牙膏渍，一边涂着。小时候玩过一种游戏，用铅笔将几个点连起来，就能画出一幅轮廓画。我已想不出那游戏的名称，以及为什么会玩那样的游戏，再多想竟有些眩晕起来。总之是将点与点连接起来，一幅简单的画就会出现在纸上。依照点旁边标注的数字编号描画，就能画出唐老鸭之类无聊的东西来。

那种游戏一定就像涂上撑半天都不脱妆的口红一般，无趣又无意义。

镜子中映出了右耳。和昨天早上相比没有任何变化。接下来是左耳。看上去倒也没什么变化，我用左手轻轻摁了摁，才总算感到一丝昨晚下班回家路过涩谷时心血来潮打的耳洞传来的隐痛。

培根煎到刚好，吐司要慢慢咬。煎过头的培根，总有股类似公交车尾气的味道。

然后，出发去公司。

先到编号 4 的站台，然后电车开始代替铅笔连线，在编号

5的站台换乘地铁，从编号6下车，步行到编号7的公司后，就作出了一幅与以往别无二致的图画。就像我用铅笔画出的唐老鸭一样，现在的这幅画也一定无聊至极，根本没人想看。

上班已经五年了，到现在为止，我究竟连续不停地画了多少幅一模一样的画了？在接下来的日子里，还要再画多少呢？

我每天都会作一幅画，然后撕破扔掉，就如同每天揭一页手撕日历一样。工作五年后，连撕破画扔掉那一瞬间本该有的疼痛，都变得像玻璃纸一样轻薄了。

大学毕业后，我进入一家商业银行，后来那家银行与证券公司合并。不久我被指派做起了股票交易员，但是新公司似乎出了些状况，于是我便来了现在的劳务派遣公司。一开始工作过的银行、后来去的证券公司和现在上班的公司比邻而立，都面朝同一条大街。因此确切地说，我画过的唐老鸭在外形上还是有一点不同的。不过唐老鸭的嘴长了些也好短了点也罢，对我来说都根本无所谓，对别人来说也一样。

银行的工作、证券公司的工作和现在的工作，我都没法由衷喜欢，不过是一天天摆出一副盯着电脑屏幕的样子，朝九晚五地混日子而已。即便如此，我做的事大概也还是能为公司带来些好处的——每个月都有工资打到我银行户头上便是明证。

坐在公司椅子上盯着显示屏的我，无意中用左手摁了摁左耳。感觉到皮肤上的那个小洞后，心情竟有些明朗起来——仅仅是“有些”而已。

我失去了什么？或者说，今天我将要失去些什么？

琐碎的感觉传到指尖，差点就要溜走，我边确认着这种感觉边思考：在这个地方穿了这么一个小洞后的我，到底会经历哪些改变呢？

昨晚在新宿和早津约会，简直无聊透顶，就是在那个时候，无端地想起了这句话：“人的耳垂上分布着极其极其重要的神经，所以，一定不要在上边打什么耳洞。”

在非洲菜餐馆里，和早津相对而坐，嘴里嚼着油腻的排骨，脑中却不停浮现起这句话。

这句我高三时从大久保那里听来的话。

丰平川流淌而过，似要将札幌市的中央区分隔开来。说这句话时，大久保坐在河堤上，随手拔起小草任由它们飞向风中，并没有看我。我们坐在河堤的草甸上，眼前的河水倒映着天空的湛蓝，波光粼粼，奔流不息。天空和阳光似乎一刻不停地从上游向下游流淌。

流淌的天空最终会流向何方呢？坐在大久保身旁的我无数次地仰望天空。

却无数次地看到天空仍在那里。

阳光也没有移动分毫，仍在空中，一如既往地向我们倾泻下来。

大久保听到我说想打耳洞，立刻回应道："会失去宝贵的东西的。"

大久保是我初二时开始交往的男友。初中时，他是摇滚乐队的首席吉他手，也是篮球队的队长，是许多女孩子梦寐以求的对象。我不知道那般万众瞩目的他为什么会选择我。

我和其他女孩略有不同，并没有多么喜欢大久保。

当被问到"祐子喜欢谁呀？"这种问题时，回答"没有特别喜欢的人"太麻烦，于是我干脆选了一个不管提问者是谁都会感到满意的回答："我喜欢大久保。"如此一来，对方就会笑着说："啊，果然祐子也是一样的啊。"对话就能到此结束。

因此，当那天放学后被大久保叫到操场上，听到他说"石田，我也喜欢你"的时候，我并没有欣喜若狂，反而是呆若木鸡。大久保说着，慢慢向我伸出右手。就是那么简单的一个小动作，却让我的心脏不可思议地怦怦直跳起来。我能感觉到贯穿在体内的咚咚、咚咚的心跳声，也第一次意识到，我喜欢眼前这个人。

于是我也慢慢伸出了右手。

两个人的手交织在一起，微颤的指尖触碰着彼此。

右手感觉到了大久保的颤抖，那种感觉就像触电一般。大久保的感情从指尖溢出，流到我体内，与那里固有的感情交融，形成一种新的东西，再经由我的指尖注入他的身体里，继而生成一种新的东西。就这样，两人的身体里开始流淌起前所未有的感情，循环往复。

这种感情在我们俩之间绵密交织，蓬勃发展，每分每秒又幻化出新的东西；绚烂无比，温暖如许，同时也让我喘不过气来。

整个中学时代我都偷偷珍藏着那次妙不可言的体验，并暗自引以为傲。

我们的一切都是从牵手开始的。只是那么简单的一个动作，却带来了触电般真实的体验，那一瞬间，我们仿佛突然拥有了特异功能，能感知到彼此的所有。

升入高中后，大久保退出了篮球队和摇滚乐队，除了留着女孩子般的齐肩长发外，已经和随处可见的其他高中男生一样，普通得不能再普通了。自然，我并不讨厌那样的大久保，反倒因为他再也不会被别的女生招惹而又多了几分喜欢。

临近初中毕业时，我向大久保索吻。之所以产生这样的想法，源于同班同学百合子对我说的一句话："好歹初中交往两年，留个吻作为纪念也好啊。"

"百合子你呢？"

"什么？"

"你的男友给了什么？你的初中毕业留念也是一个吻吗？"

"是比吻更加厉害的东西哦。"

"更加厉害？"

"嗯，更加厉害、更加棒的东西。"

说这话时，百合子双眼清澈明亮，闪耀动人，真让人羡慕。新的电流也一定源源不断地从男友那里注入了她的身体，才令她这般闪耀。

毕业的日子一天天临近。一天，我在家附近的公园央求大久保。"请和我接吻。"

大久保温柔地握起我的手。"石田。"

"嗯。"

"我觉得呢，接吻是高中生做的事。"

"嗯。"

“所以我们升高中后再接吻吧。”

第二天我把这件事告诉了百合子，她笑得前仰后合。

“哈哈，接吻是高中生做的事呀，大久保也太可爱了吧。”

没错，我也觉得大久保很可爱。不仅可爱，还很酷，而且特别有男人味。

耳边响起餐叉和盘子叮叮当当的碰撞声。排骨端上来还没十分钟，眼前的早津已不知是第几次发出这样刺耳的声响了。

早津绝不是差劲的男人，相反，他在公司里是备受瞩目的精英，在新来的女同事中很受欢迎。不管什么工作都能利落圆满地完成，在西服和领带的选择上很低调，尽显不张扬的行事风格，总是穿那种流露出一丝优雅的埃及棉衬衫。一到傍晚，略带洗衣液香味的衬衫就会微微起皱。见过这样的早津后，再看那些穿着白得发亮、不管过多久都不会有一点褶皱的衬衫的男人，有时候真觉得他们简直蠢到家了。临近下班时，早津整个人就像被包裹在褶皱里一样。对一个二十九岁的男人来说，品位确实不俗。

忘了第几次约会时，早津一脸认真地对我说：“请以结婚为目的与我交往。”我虽然也震惊，但心里更多的是喜悦。城市中心酒店顶层的软椅简直不像是真的，餐厅的地板也缓缓旋转着，像是在提醒我被骗了。当时早津一个劲儿地向我介绍说，从旋转餐厅的不同角度望出去，东京的街道会呈现出不同的景象。看着那样的他，我不禁觉得，选旋转餐厅作为求婚地点，真是太可爱了。

品尝着陆续端上来的非洲美食，心中却只想着一件事：为什么偏偏在今天一直想起大久保呢？从上次在旋转餐厅被求婚后，这是我和早津的第四次约会。

早津不慌不忙地往嘴里送着古斯古斯，他吃排骨时的样子真不敢恭维，但古斯古斯的吃相倒还算雅观。

从乐队和篮球队退出后，大久保开始写诗，一开始似乎是给自己作的曲填词，但慢慢地对写诗这件事本身也产生了兴趣。他写满了好几个笔记本，有时会坐在公园长椅上拿出来给我看。

我很喜欢他写的诗，虽然大部分内容现在已经想不起来，但有时不经意间会突然想起一些只言片语。

如果时间宛如香料束[①]

①捆扎成束的麝香草、鼠尾草、迷迭香等芳香植物，常用作调味料。

如果往昔一如束好的香草
高傲，自由……
那么，我们一定会
朝气蓬勃地活下去
更加，更加

我和大久保第一次接吻，是在高一秋天的文化节上。大久保像往常一样坐在丰平川的河堤上随手拔着小草，我探身靠向他，送出了双唇。

那一瞬间，大久保睁大眼睛愣了一下，明显有些畏缩。

“这是高中生才能做的事，对吧？”

“嗯。”

“我们是高中生了吧？”

“嗯。”

嘴唇交叠的时候，能感觉到大久保的气息如同暖风一般温热。我感受着这股气息，想更加了解大久保，发自内心地想去了解那些还不为我所知的方方面面。

更加，更加。

高傲，自由。

吻了又吻，也不见大久保的吻技有丝毫提高，但他给我带来了一种被毛毯裹住的幸福感。后来我也和其他人接过吻，但只有大久保能给我这种感觉。

吻着吻着，我引导着大久保，将他的手掌放到我的胸部和大腿内侧。他的手逡巡着，却没有抗拒。我能感觉到他牛仔裤下的利器刚硬如铁、炽热如火，于是不停摩挲着。

当我继续引导着大久保往短裤里探索时，他一反之前的犹豫不决，以一种不容抗拒的语气说道:“那是大学生才能做的事哦。”

2

坐在公司的椅子上，盯着电脑屏幕，心不在焉地想:我究竟会失去什么？在耳朵上穿了一个小洞后，今天我可能会慢慢失去对自己来说很重要的东西，但那究竟是什么呢？还有，到底有什么神经分布在这里？

整间办公室的地板都埋在午后的倦怠中，寂静无声。

“我会失去什么？”高三那年九月伊始，我这样问正眺望着丰平川的大久保。

“什么？”他惊讶地看着我。

“告诉我，打耳洞后会失去什么？”

“那种事我怎么可能知道。”

“比如说某些语言？”

“或许吧。”

“或者某个音阶？”

“也有可能。”

“又或者是孩提时的记忆？”

“嗯。其实，你耳垂上分布的神经到底与哪些事有关，别人怎么可能知道？”

“但总归是会失去一些什么的，对吗？”

“有那个可能性。”

“会失去什么呢？”

“我想说的是，所谓‘失去’，是真正地丧失。如果人真的彻底失去后，一定会连失去的是什么都不知道，因为那才是‘失去’。”

“哦……”

札幌九月的风吹在身上，带来些许凉意。周身被染得通红的蜻蜓在我们身边飞来飞去，有些吵闹。河面也被夕阳染红，但比蜻蜓的红淡了几分。

望着从上游流淌到下游、闪闪发亮的红色光带，我几度抬头仰望天空，可每次都看见夕阳与晚霞依旧停在原位，没有流淌丝毫。

那么，流淌着的红色的光，又来自何处呢？

“会在什么时候失去呢？”我纠缠不休，继续追问大久保。

“打耳洞后的二十四个小时内。”

“真的吗？”

“应该没错。”

“真的是真的吗？”

“是的。”

“好吧，那我不打耳洞了。”

“我真觉得不打为好。”大久保没有看我，依旧眺望着河面。他的眼睛反射着橙色的光，那光芒使我生出一股胸口被勒紧般的忧愁。

眼泪快要夺眶而出。

“你怎么了？”他惊讶地看着我。

我什么都没说，只是像孩子般摇着头。我喜欢你，喜欢到仅仅看到你夕阳下的侧影都会心生哀愁，感情在胸中激荡澎湃喷薄欲出，冲到嘴边却开不了口，只能化作眼泪溢出。

两个人都没有再说话，只是一起望着暮色渐沉，将大地浸染。

大大的夕阳在这里，映着夕阳的河流在这里，拔起小草的大久保在这里，我在这里。

不久，大久保从书包取出一个笔记本给我看，封面上有一行类似标题的字。

我手中的钥匙不为打开你的世界

“怎么样？”他指着本子上的标题，有些不自信地问我。

“挺好的。”我答道，“既有语感，又简明扼要地把想说的东西表达了出来。”

听到这一回答，大久保看着我，开心地笑了起来。

“我喜欢大久保啊。”看到他脸上的微笑，我再次这样觉得。

自然，我从来都没期望过用他手里的钥匙打开我的世界。如果他手中真有这么一把钥匙，我只希望他好好珍惜，用来为自己开拓一片广阔的新天地就好。我当真这样想，打心底里这样想，并且从来没有怀疑过。

然后我们吻了起来，已忘了是第几次，但也屈指可数。忘情中无意间摩挲着他的利器，我想全身心接纳他。不知道那个时候大久保脸上是怎样的表情，或许是我从没看到过的样子。

于是我想，上了大学后，他一定会让我看到吧。

“我想去打耳洞。”吃着香喷喷的古斯古斯，我对早津说道。

是昨晚的事。

“是吗？”

“你同意吗？”

“当然了。”

“很久以前就想过要打耳洞，但被人吓唬说，‘那个地方分布着极其重要的神经，打了耳洞就有可能失去重要的东西’。”

“是当时的男友说的吧。”

“算是吧。”

“只是迷信吧。”

“或许吧。”

“不需要在意那种事情。”

“是吗？”

“即便真的失去什么，也一定会有别的东西来填满。”

“这样啊。”

“没关系的。”

就在那一瞬间，我决定接受早津的求婚。虽然他在切盘子里的肉时弄出的声响我不甚喜欢，但除此以外，也还算令人满意。再加上埃及棉衬衫的好品位，我想，与他共度接下来的几十年，倒也不会有什么大问题。早津确实给了我这种安全感。

“知道了。”我说道。

“知道什么？”

“请和我结婚。”

我说出这句话的瞬间，只见早津嘴里喷出几粒古斯古斯，从我脸颊划过，掉落在餐桌上。脸颊上留着这一奇妙的触感，我不禁暗想，原来世界上也有这种表达喜悦的方式啊。

“真的吗？”早津问道。

“真的。”

“像是在做梦一样。”

我心中只求他不要再做出捏脸颊这样的动作。况且，被喷了一脸古斯古斯的我才更像是在做梦吧。

与早津分开后，我搭乘出租车前往涩谷，去后辈推荐的一家位于道玄坂的店铺打耳洞。耳垂先是被冰块冷敷了几分钟，然后被沾有氨水的医用脱脂棉抹了抹，接着被一个订书机一样的东西咔嚓一声穿过，耳洞就打好了。

我有些后悔——像接受求婚那般简单随意地在自己的人生上穿了一个小洞——于是一个人去了道玄坂的小酒吧喝鸡尾酒，接着从涩谷乘末班地铁在编号 5 的地点下车换乘，返回编号 4，逆着早上那幅唐老鸭的线条走向回到住处，倒头昏昏睡去。

3

大三那年的暑假，我第一次知道八月是会倾斜的。当时我站在那栋位于法国南部平原的家庭旅馆窗边，突然意识到了这件事。在随后的六年里，每年的八月都会倾斜。

那年暑假，我有将近一个月的时间都在法国南部旅行。也没什么特别的理由，就是觉得大学四年或许还是有次像样的旅行比较好。这个念头一直在我脑海里挥之不去，对我穷追不舍。至于为什么选择法国南部，大概是那段时间经常能在 *an·an*[①] 之类

①日本颇具影响力的女性杂志，主要面向 19 至 24 岁的女性读者。

的杂志上看到有关法国南部的专题内容吧。

杂志上说，可以先从巴黎乘坐高速列车去里昂，然后走走停停一路向南，我也采用了这种方式。有时我骑被人扔掉的自行车，有时徒步，只有累得不行的时候才坐电车。从里昂出发三周后终于抵达普罗旺斯，被法国广阔无垠的天空环绕，感受着干燥的风，我慢慢、慢慢地走下八月的斜坡。

我住的小型家庭旅馆正好位于普罗旺斯平原的正中央，由一对老夫妇打理。住下后我便不想再走，一是因为长途旅行奔波有点疲累，二是因为在那里住得确实舒服。

喝着老爷爷盛在盘子里端上来的蔬菜汤，我想，就在这里为这次旅行画上一个句号吧。离返程航班起飞还有一个多星期，在那之前我不打算再走下去了，就想在这里好好休息一下。

旅馆二楼有四间房并排而立，我住的是从右往左数的第二间。向窗外举目望去，只能看到一棵如梵高画中一样巨大的丝柏树，除此以外便是一望无际的原野。

最喜欢坐在靠窗的椅子上，隔着丝柏树，望着太阳渐沉，直到落入地平线。巨大的夕阳红得通透，发出一声悲鸣后，伤心地将自己的身影埋入大地，只剩无尽的哀愁在我身边持续呐喊，那种悲壮我无法用语言表达。那哀愁直到完全隐没消失于地平线后，都不忘发疯似的将天空渲染得通红。

太阳终于完全失去了踪迹，只剩绯红空虚的天空。茫然地望着那片天空的我，又是第几次流下眼泪了呢？

二楼并排的四间房中，靠西边的那间没人住的时候，我就会进去晒会儿太阳。颇具法国南部特色的颜色艳丽的床罩、用得发旧发亮的家具，都是我的最爱。房间有个大大的飘窗，窝在窗前的椅子上，不知不觉就开始打盹儿了。

窗台上摆着一些干花，持续散发出淡雅的香气。

不知睡了多久，感觉到背后有人，我醒了过来。

“喜欢这个房间吗？”旅馆的老奶奶问我。

“是啊，喜欢极了。”我答道。

“那搬到这间住好了。”

“真的可以吗？”

“嗯，如果你喜欢的话。”

“真的是很漂亮呢。”

“什么？”

“这些干花。”

“干花？”

“没错，窗台上的花束。”

“那个呀，叫‘香料束’。”老奶奶微微笑着对我说道。

待她关上门离开房间后，我精疲力竭地望着窗台上的香料束。干燥的香草宛如木乃伊般了无生气，和我想象中的截然不同。

“如果时间宛如香料束……”我结结巴巴地发出这些音。快要沉没的太阳将既死的花束也染得通红。

就在那个时候，眼前出现了一个巨大的斜坡。为了不从坡上掉落下去，我拼尽全力死死站定。或许就是在那一瞬间，八月的倾斜清晰地展现在了我的面前。

最终，我和大久保连一次关系都没有发生过，因为他没能上大学。

高三那年的九月，和不赞成我打耳洞的大久保接了吻。然后，他撕下笔记本的一页，认真叠好，让我睡前再打开看。看着腼腆的他，我心中澎湃不已：究竟有多喜欢他呢？

石田祐子有多么多么深爱大久保直人呢？

那天晚上，我把大久保撕下来的那张纸小心地压在桌子的塑料桌布下，开始复习备考。我告诉自己，记下五十个英语单词和五十个熟语后，就可以看桌布下那张纸上写了什么，以作奖励。

晚上十一点，我听到父亲的呼唤，走下楼梯，从面露难色的父亲手里接过电话。

是同学打来的。

要告诉我的事情极其简单明了。

骑着自行车的大久保在放学回家的路上被货车撞飞，已经离世。

“当场死亡”那四个字的声音尖利无比，一直在我心里回响。

在我一再恳求下，父亲带我去了安放大久保遗体的警察医院。还是个孩子的时候，我就为父亲的律师身份感到骄傲，坚信将来有一天自己也会从事那样的工作，凭借学来的知识和学问帮助弱者。但是，在大久保去世这件事情上，身为律师的父亲和以成为律师为目标的女儿，我们两人什么忙都帮不上。

我对坐在太平间外长凳上的大久保的父亲说，自己是大久保从初中开始交往的女朋友，请求他让我见大久保最后一面。

“还是不要了。”他父亲只说了这一句，随后便一言不发。

我不知该做些什么，只能在医院昏暗幽深的走廊一角久久站立。想到这扇门的那边就是死去的大久保，一瞬间身边所有的事物都变得不像真的。受困于这种感觉，我被随之而来的强烈呕吐感和眩晕感侵袭。

头顶上方忽明忽暗的日光灯发出刺耳的吱吱声，令人心烦意乱。我陷入一种持续的错觉：灯灭时我会回到现实，灯亮时又会陷入虚空，但下一个瞬间，灯亮即现实，而灯灭成虚空。就在这样的循环往复中，我坠入迷茫混沌。

我喜欢大久保。

不管大久保变得多么血肉模糊，哪怕就像被墙压烂的西红柿那般不堪，我也想抱着那些零落的残骸，给他以安慰。

告诉他："谢谢你，让我曾经那么快乐。"

但转念又觉得，门那边躺着的并不是大久保，而是别的什么。

当这样想的时候，我的脑海中异常混乱。

现实在哪里，虚空又从何而始？将两者隔开的，就是这扇紧紧闭牢、冷酷无情的门吧？

大久保那把打开他自己世界的钥匙，究竟打开了怎样的一扇门？而"我手中的钥匙不为打开你的世界"这句话，又是什么意思呢？

那首诗，是写给我的。

所以大久保才拿给我看。

如果大久保的钥匙打开的是如此残酷的一扇门，我希望它将我也带走，带到大久保去往的那个世界。

没有关系的。

祐子，努力学习啊！

上大学后，我们做葡萄干那么多的爱吧！

晚安。

直人

我该以怎样的心情面对这张纸上的话才好？

“晚安”——这两个安静的字刻进心间。我贯穿初中和高中时代爱着的人，就留下这么一句波澜不惊的道别，离开了这个世界。

第二年春天，我去了东京上大学。

我并没有去向往已久的国立大学的法学部，而是去了一所谁都能去的私立女子大学读商科。从没想过会去那所大学，只是想着能逃离札幌就好，能躲进东京那个怪物一般的大城市悄无声息地生活就好。

如果可能，我想忘掉所有的一切。忘掉大久保写的诗，忘掉屈指可数的吻，忘掉没能做的葡萄干那样多的爱，忘掉风把河堤上的大久保拔下的小草吹到我脸上的幸福触感，忘掉一切。

刚去东京的那年九月，我意识到自己失去了对事物的感知。四肢像没有血流过一般无法动弹，整个身体和精神都陷入麻痹。喜悦也好悲伤也好，味觉也好痛感也好，热也好冷也好，梦想也好希望也好绝望也好对死的畏惧也好，太阳的光芒也好黑暗的深渊也好，我都感觉不到了。

我趴在公寓地板的床铺上，在枕头边放了一个洗脸盆，呕吐不止。明明什么都没吃，却有强烈的呕吐感不断袭来，最终洗脸盆也被换成了铁桶，连续两周根本站不起来。身体变得瘦弱纤细，早该来的例假也迟迟没有到访。

铁桶深处似乎藏着大久保的一双眼睛，它们闪闪发光，一直凝视着我。向着那束光，我只能把自己榨干似的不停吐出黄色的胃液。

是无法原谅我吧?

大久保在黑暗中蠢蠢欲动，是在向我索取着什么吧?

泪水、唾液甚至是鼻涕终于开始耗尽。我把头埋在铁桶里，却丝毫没有力气拔出来，只能任由它那样。胃部仍旧在持续痉挛，再没有东西可吐了。

我能依靠的东西只有一个铁桶。有时我想，这个铁桶是个下水口，要把这个世界上的所有东西都吸进去。

世界的深处就在这个铁桶里。

目之所及的所有东西都被铁桶吸了去，铁桶外的一切都是倾斜的，而我被卷进它制造出来的激荡旋涡，无法逃离。

这个世界的最深处，就在这个铁桶里。

可以把你手里的钥匙借给我吗？

哪怕只有一次也好。

想用那把钥匙，打开我不可救药的世界。

大久保。

哪怕只有一次也好，我衷心祈祷着。

某一天，渐远的意识角落里，我一脚踢开了铁桶，然后沉沉睡去，睡得昏天黑地。一切感觉变得麻痹，连手指都动弹不得。脑袋稍微动一下，沾着呕吐物结成块的头发就会发出硬邦邦的令人厌烦的声音。但铁桶从眼前消失这件事多少让我减轻了些束缚，凝固的末梢神经似乎有了一点被释放的感觉。

随之而来的，是悲伤的痛哭。

大久保已经不在了。

再怎么寻找，在这个世界的深处再怎么匍匐，大久保都不在这里。几十个小时埋头在铁桶深处搜寻，都没有大久保的身影，现在连他的气息都感觉不到了。

房间里弥漫着酸臭，颤抖哭泣着的我已经瘦得宛如铁丝。没有眼泪，没有声音，却哭泣不止，泣不成声。

我想要大久保手里的钥匙，可一想到我永远都拿不到，便再次哭起来。

哭到喉咙干哑，哭到眼前漆黑。

哭到从被子里伸出手探向虚空，仍旧止不住抽泣。

不可思议的是，随着十月到来，身体和精神都有了好转的迹象。我慢慢摸着每一寸开始有血液循环的皮肤，逐一检查有没有坏死的地方。

但都还好好的。

不管心底多么期盼它坏掉，但身体都还是好好的。尽管那样百般恳求，大久保还是没把钥匙借给我。

第二年九月，同样的事情再次发生。

他们说，我患上了“神经衰弱”这种病。

第三年，我去欧洲旅行。

漫步在不知名的小镇，我终于意识到，这种症状往往开始于八月份。比起跌入深渊的九月，重要的是要察觉八月的倾斜，小心提防。于是我决定要尽可能无知无觉地度过八月。适应这件事后，我总算得到了一丝慰藉。

4

大四那年的八月，我有生以来初尝禁果，这几乎是意识到处在八月倾斜正当中的我最后的选择。

对方是在联欢会上认识的私立大学的学生，看上去没那么轻浮。不过就算他很轻浮，是那种只想玩玩的男人，我也无所谓。

只要能让我顺利度过这八月的倾斜就好。

在涩谷的情人旅馆里，男人一边爱抚着我，一边歪着头不解地说："真奇怪，怎么不湿呢？"接着将我双腿大大分开，用唾液浸湿它。

那一瞬间，脊背似有一阵恶寒滑过。同时，对他感到厌恶的那个自己也令我自责不已。

现在是八月。

必须对什么都无知无觉。

像是玩偶内部填充的棉花掉了出来，我将身体暴露在连名字都不知道的男人面前。男人将坚硬的下体缓缓插入我的身体。

似乎听到了嘎吱嘎吱的声响，但也只听到这些，除此以外什么都没有。我尝试着像关冰箱门一样把一切都关上。没有任何痛感，这似乎给我带来了一丝自信和骄傲。

男人在我的上方，不停扭动。

完全进入，又彻底退出。

一切结束后，我意识到突然出现了一个比之前更大的洞，即便用同样大小的什么或许也无法填满。如果说我对整件事情有什么感觉，也就这些。

“这样可以了吧？”男人走后，我仰面躺在床上，望着屋顶镜子中映出的自己说道，“反正我已经是大学生了。”

镜子里的我一丝不挂，枕边是用面巾纸包着的用过的粉色安全套。

“大久保，我尝试过了。因为我已经是大学生了。”

没有悲伤的情绪，眼泪却快要流出来，于是我反复回想着刚才的情形。如此一来，果然什么都感觉不到了，我应该为此骄傲。如今，我终于成功地关上了冰箱门。

可以顺利度过今年九月了。

就这样坚信吧！

镜子中的我尽情地舒展着四肢。

允许自己再想起大久保一回，希望能被他拥在怀中，如葡萄干粒那么多次就好。然后要用力摔上冰箱门，再不回头。

躺在涩谷的情人旅馆，望着天花板上镜子中的自己，我当时一定是这样想的吧。

无底深渊般的九月与死亡只有一张玻璃纸之隔。面对通往九月的斜坡，如果能让自己故意先为之失常更好。情人旅馆红色的床上虽然没有九月那么恐怖，但也确实是最底层的深渊，要是从这里滚落，或许不会有往常那样猛烈的加速随之而来。

如今的我只能找到这么一种方法。

因为我只拥有一把打开自己世界的钥匙。

那年九月，我只用了一个洗脸盆就顺利度过了。在那个月里，铁桶一直被放在厨房的流理台下，一次都没有拿出来过。

第二年的春天，我上班了。

然后就过上了一个劲儿画唐老鸭的日子，八月除外。视情况不同，每年八月选一个适合的男人一起度过，草草了事。只需如此，九月来临时，我的精神状况就会得到很大改善。从大学到现在，我手中有了三粒葡萄干。那的确是不堪回首的体验，会让人记起令人厌烦的味道，满是褶皱、臭气熏天。三次性体验，每次都会把略有不同的厌恶感刻入我体内。我有时会认真地思考，性这种东西不就是用一根棒子燃起厌恶之火吗？

如果真的是如此，那就好了。

因为由此我便能确认自己的想法：与被吸到铁桶里的恐惧相比，这真是好多了。

五年来，我一直用这种方法勉强应付八月的倾斜，但今年有种感觉，这方法不管用了。

或许我正是因此才接受了早津的求婚，而代价就是喷到脸上的古斯古斯。那一瞬间，对早津的喜欢比以前又多了些，我感觉到了。从早津那里，我可以感觉到那些小小的温暖，那些如大久保拔下的小草吹到我脸上一般了无痕迹却真实存在的幸福触感。或许早津可以成为我倾斜八月的避难所。

大久保去世已经快十年了，我开始觉得，九月的深渊并不是他的过错。我一定是对与时间一起消逝的一切感到害怕，对从自己身边夺走一切的时间这种无言的力量深感畏惧。

我爱的并不是大久保。

而是和大久保在一起时的自己。我对此无能为力，随着时间的推移，这种感情发生了变化。于是，我将无法恢复原貌的记忆的沉积物，任性地冠以了大久保的名字。

电脑屏幕上不停闪现着求职者和用人单位的一览信息，我慢慢滚动鼠标，已经看了很久。目前我做的，正是往需求和给予之间不可逾越的鸿沟里填埋沙子的工作。

时间并不像香料束，香料束会很自然美好地把麝香草、鼠尾草、迷迭香联结起来，但时间并不是如此。

如果大久保不知道这件事，或许能度过幸福的一生。

有时我会想起法国南部家庭旅馆窗台上放着的香料束，它们仿佛是由那无法移动的时间凝结而成的。比起没见到的大久保的遗体，香料束似乎更能暗示死亡一事。我能感觉到有某种东西在香料束上暗自起舞。

那种东西便是死亡。

死亡在我眼前沐浴着夕阳，连一张玻璃纸的阻隔都没有。

时间不像香料束，大久保肯定知道这一点，知道香料束本身是不会流动的静物，也知道，无法被玻璃纸包住的死亡同样如此。

大久保预感到了自己死之将至。

或许他深信如此。

因此才寄情于香料束，希望属于自己的时光能继续流动。除此以外他再无东西可寄托，只能将无法移动分毫的死亡交给可以使之延续下去的香料束。

这时，桌上的电话响了。

电话那头传来早津清脆的声音。

“昨天很开心。”

“嗯。”

“现在说话方便吗？”

“没关系，现在办公室就我一个人。”

“不好意思，在上班时给你打电话，但有件事必须要向你道谢。”

“什么？”

“谢谢你答应嫁给我。”

“嗯。”

“昨天高兴得都睡不着了。”

“嗯。”

“虽然是很老套的话，但……我们一起努力组建一个幸福的家庭吧！”

“比如吃晚饭时把饭粒喷出去那种？”

“哈哈。”

“知道了，我会努力的。”

“谢谢你。”

“早津？”

“怎么了？”

“你知道‘香料束’这种东西吗？”

“那是什么？”

“你不知道吗？”

“听都没听过。”

听到那句话时，我感到心中的冰块在慢慢融化。

“那，你喜欢葡萄干吗？”

“很喜欢啊。”

“太好了。昨晚和你分开后，我去涩谷打了耳洞。”

“是吗？”

“那样也没关系吗？”

“怎样？”

“我可能会失去一些自己都意识不到的宝贵的东西，或许今天就会失去。”

“为什么？”

“可以吗？”

“就像我昨天说的一样，那是迷信。”

“即便那样也没关系吗？”

“当然了。”

和早津聊天时，我的视线仍停留在电脑屏幕上，人们的名字就像海啸一般无休无止源源不断地从屏幕下方流动到上方。

“怎么了？”

因为我没有出声，早津有些担心地轻声问道。那声音听起来澄澈无比，从我的鼓膜穿过，一路直抵鼻腔深处。

“怎么了？”

“……”

看着由人名组成的波浪侵袭而来，我泣不成声。那波浪对于现在的我来说，或许就是整个世界。

我想止住哭泣，可仍泪流不止。

在这个世界上，有那么多人需要我，他们迫切地等待着拿着小铲子的我，往鸿沟里填上沙子。而我，却将全部的感情和精力，都倾注在一次都没依靠过我的高中时代的男友身上。

几十个小时，几百个小时，我都不停地在屏幕上寻找“大久保直人”这个名字。即便耳中听到的是早津的声音，目光却仍在无意识地追寻那个名字。

“我打耳洞了……”

“怎么了？”

“是、打、耳、洞啊……”

“你哭了吗？”

我摸着耳垂。

我失去了的东西，或者说今天将要失去的东西，是什么呢？难道真的像大久保说的那样，是连我自己都意识不到的东西吗？

所谓“失去”，就是这种感觉吗？

八月的倾斜突然出现在眼前。

快要从斜坡上掉下去的我，迫切寻找着会尽全力阻止这一切发生的早津。

“你还好吗？”

“嗯。”

“真的吗？”

“嗯，真的。”

“确定？”

“嗯，确定。”

为什么泪水怎么也止不住？

大久保，我要和早津——这个你不认识的男人结婚了。

我心意已决。

他性格开朗，值得依靠，有时也会犯傻，却是个很好的家伙。

所以，下定决心后我就去打了耳洞。因为这样做后，对我来说最重要的东西或许就能在不知不觉中消失。

我说，“失去”就是这个意思吧？

所以大久保，求求你留在我身边。因为到了明天早上，我或许会连已经忘了你这件事都记不起，继续像个傻瓜似的把牙膏沫溅满整面镜子。

所以希望你至少、至少在那之前能留在我身边，给我勇气。就算是耳垂上这么小的一个洞，也足够让你偷偷溜走，所以，请至少在离开之前，留在我身边……

“那，我晚上再给你打电话。”

“……”

“谢谢你。”

“……”

我说，大久保，你听到了吗？

想来想去，现在的我能失去的最重要的东西，只有和你之间的记忆了。

千回百转，我能想到的，除此以外，别无他物。

慢慢地下坡吧

恋爱是否也有饱和点呢？类似于山顶那类的地方。

恋爱、结婚、生子——如果人是朝着某个方向不断攀登的生物，究竟攀登到哪里算是顶点？

三十五岁左右，可能正是开始为此困惑的年龄。

二十多岁时，确实有那种爬坡的感觉。工作上不轻松，经济上不富裕，生活像在打仗。但是，却有那种一步一步朝着自己看不见的顶峰攀登的实实在在的感觉。这种感觉恐怕就是活力的源泉。

正因为有这种朝顶峰攀登的真实感，所以不管遇到多么艰难的事，人都能忍耐下去。

二十岁结婚时，我知道从今往后的日子，要和由里子一起登山了。

向区政府递出的那页纸，就是将两人的身体连在一起的绳索。每天起早贪黑去公司上班，不顾一切地拼命工作，一直不停地爬着坡。我相信，我每天都向着山顶努力，由里子也一定能或多或少往高处走走。

三十岁的时候，孩子出生了。

从那以后，由里子脸上露出的温柔简直无法用言语表达。她哄孩子时的表情，让人感觉到一种宽宏的慈悲。每次深夜回到公寓，一看到她们母女俩，我就觉得无比幸福，或是生出一种类似幸福的感觉。

“你回来啦。”

抱着婴儿打开门的由里子满面笑容，极尽温柔。那一瞬间，或许就是我们两个人的山顶。

从巴黎到摩纳哥的高速列车拥挤不堪。七月中旬，正值欧洲的休闲度假季，城市的人们纷纷涌向乡村，乡村的人们则都挤到了城市里，迎来一年一度的“民族大迁徙”。从巴黎到摩纳哥坐飞机只需一小时左右，乘列车却要花六个半小时，正因如此，机票一票难求。

三天前我们在东京接到大泽正彦老师去世的消息。大泽老师是我和由里子大学时的老师，也是我们的媒人。三年前他退休后，按照年轻时的计划，和妻子搬到摩纳哥安享晚年。这对老夫妇完成了心愿，过起了每天面朝大海的优哉游哉的生活。

“我必须去一趟。”由里子对我说。

“你是认真的吗？”

“当然了。大泽老师是我们的大恩人，不管怎样都必须去参加他的葬礼。”

平日里由里子不爱言语，内向拘谨，这次却少见地表现出了坚定。

“我也得去吗？”

“那还用说！”

“那惠美怎么办？”

“请妈妈帮忙带一下。”

由里子说到做到，第二天就办好了所有手续，订好机票、巴黎的酒店、高速列车票以及在摩纳哥的住处。接着我们急匆匆赶到成田机场。

三十二岁之前，我确实能感到在不停地爬坡。刚入职时被分配到新产品开发部，此后一直在那里工作。在大型胶片公司里，那可谓精英云集的部门，作为研究人员之一的我享有许多特权。工作环境就像大学的研究室一样充满学术气息，自由永远居于首位，自由的时间，自由的研究，还有自由的想法。身处那种环境中的研究人员，宛如阳光下努力伸展躯干的树一般枝繁叶茂，新点子层出不穷。

三十三岁时的春天，第一次接到人事调动的通知，去的是我完全没想到的总务部宣传科。接受任命时，公司告诉我，这份工作的主要内容是撰写宣传公司产品的文章，说想让我以第一手资料接触者的身份，向大众介绍公司产品开发部正在做哪些最新研究。

由里子在专心育儿，与其说是“育儿”，不如说她沉溺在对三岁的惠美的爱中不能自拔。不知从何时开始，我们两人之间的话题除了惠美以外别无其他。我没太当回事，不是有种说法吗，女人的母性意识觉醒后，有那么一段时间，眼里只有孩子。

庆祝人事调动的酒会接连不已，为了缓解压力，我开始每天出现在新宿的酒吧里，到处喝酒。有时深夜一两点喝得酩酊大醉从店里出来时，会看到天空刚开始微微泛白。也许由里子信赖那样的我吧，或许也有过担心，但大体说来，她总是装出一副漠不关心的模样。

调职三个月后，我还是没能安下心来，依旧每天借酒消愁。

工作自由少许受损，虽然只有少许，但要我接受这点，还是如囫囵吞下整个橘子般痛苦不已。唯有在常去的新宿酒吧的吧台旁，心中汹涌的波浪才能稍微得到些安抚。

我每天抱着一种为了咽下卡在喉咙里的橘子的心情，痛饮威士忌。受损的自由就像残缺的茶碗，我持续不停寻找着茶碗碎片，只为把那残缺补全。

有天夜里，凌晨三点回到公寓，我打开了那扇门。在此之前，我很少去由里子和惠美的卧室。

由里子把女儿抱在胸前，已经睡了。远远的街灯散发出微弱的光，照进房间。适应了房间里的黑暗后，我注意到本该正在熟睡的年幼的女儿，正在黑暗中一动不动地睁大眼睛盯着我。我集中精神，再次确认，发现果然有两只玻璃珠般的黑色瞳孔反射着街灯微弱的光。心想着这不可能，我拉亮了灯。

“啊，你回来啦。”

由里子意识到是我，睁开了眼睛。

惠美纹丝不动，还是之前的姿势，但刚才还在黑暗中闪耀着的眼睛不知何时紧紧地闭上了。我关了灯，走出房间，回到自己的卧室，一口气灌下好几杯威士忌。闭上眼睛，就像可以看到黑暗中亮着的车前灯的余像，眼前总是浮现出三岁女儿的眼神。那眼神宛如刺破黑暗的小孔，愤怒的意志使其发出了青白的光，我禁不住这样想。为了拂去这种想法，我又喝了一杯威士忌。

一天晚上，我倒在了去往新宿的路上。

救护车把我送到医院，经医生诊断，我患上了急性酒精肝。这种情况下，一般输个液也就没事了，但精密检查后，医生发现我的肝脏已经受到了相当严重的损伤，于是建议我戒酒。这是三十三岁秋天发生的事情。那段时间身体确实容易倦怠，喝酒的时候更是感觉整个人都快要融化掉了。一喝起来就没完没了，一看到酒吧里有熟人或后辈，就缠住他们一起喝。脊背的肌肉里仿佛插进一块铁板，坚硬肿胀。不过，唯有喝酒的时候，我才能感到一丝舒服畅快。医生只是轻轻地用手指按压了一下我的背部，我就疼得叫了出来。为了防止肝脏肿大，背部肌肉自然地僵硬起来。

“每天晚上都练蛙跳啊？那倒不必。”医生苦笑道，“最好住院治疗，但其实只要不喝酒就行了。酒这种东西，不是非喝不可。”接着他又说，“等这个地方慢慢柔软下来，就快好了。”

我开始戒酒。

也不再做没必要的蛙跳。胡乱锻炼也不一定会对接下来的人生有所帮助。

这可能是有生以来第一次，被别人命令，不能随心所欲地做事。

仔细想想，这件事就是我开始下坡的标志。

那么，我的山顶到底在哪里？我又是在什么时候到达山顶的呢？

没错，一定是那天。由里子抱着女儿迎我进屋、展露出笑容的瞬间。但如果那一刻就是我们的山顶，我怎么连一点成功登顶的感觉都没有过，也没有看到过丝毫顶峰该有的风景？

高速列车在法国优雅广阔的田野中疾驰。

由里子趴在座位上睡着了。

来法国的飞机上和住酒店的大部分时间里，由里子一直在睡觉。只会偶尔随口发出“给，机票”“哇，飞机餐”“地铁六号线啊”之类的声音，对此我也只是含含糊糊地应付两句。除此以外的时间里，由里子要么是在休息，要么是在翻看飞机或火车上的小册子。

那段时间，我只会偶尔喝一点红葡萄酒。戒酒半年后，肝脏慢慢恢复了。医生说“少喝一些还是可以的”，于是给我发了解禁令。但是对于酒精，我已经有了一种本能的戒心。插在脊背里的那块铁板不知什么时候消失了，我如同甩掉二十公斤赘肉一般，浑身轻松爽快。

列车从巴黎驶出快三个小时了，窗外，法国南部悠闲恬静的风景一览无余。从天空倾泻而下的阳光给万物洒上一层鲜明的色彩，加上随处可见的丝柏树，构成了法国南部特有的景观。

由里子两岁的时候，父亲患病离世，所以她几乎没有任何与父亲有关的记忆，只是隐约记得有个人躺在医院病床上，浑身插满各种管子，看上去痛苦不已。听到“父亲”这个词，她能想到的只有病房的白色、插着塑料软管的痛苦呻吟声，以及母亲哭泣的模样。那时我们俩走在通往大学宿舍、两旁都是树的路上，由里子对我说：“真的好开心，我有男朋友了。”

接着，她近乎嘶哑地低语道：“要活得久一些啊，我只希望你能长寿，其他别无所求。”

由里子说到做到。

她像自己说的那样，从没对我有过什么要求，也没有无理取闹过。只要我好好活着，在她身边一起生活就行。仅此一点，或许就能给她带来普通女人体会不到的喜悦。

我潜心研发新型照相机，整个人几乎都埋在了工作里。我有种想法：开发出一个新型的快门系统，就能给由里子带来某方面的满足，这就是我的人生意义所在。我心里明白，这是男人特有的一种任性想法，但仍倚仗着由里子对我的放任，坚信创造一个能专心工作的环境才是当务之急。

我们两人登山之路的入口，一定在那条蜿蜒通向宿舍的小路两旁的树下。以由里子说的话为信号，我们开始慢慢登山，惠美出生前后，就是山顶。大泽老师来医院抱着我们的女儿给她起名字的一瞬间，或许是由里子的父亲从坟墓里出来看孙女了。

但是，三年以后，一切都不同了。也没发生什么特别的事，但我和由里子之间，有些东西变了，那是种难以言表的接近于肤觉的东西。日常生活没有发生任何改变，但由里子端上来的同样的早餐，我吃过后总觉得跟以前不一样。不是“味道”不同，而是“口感”有微妙的差别。

就是在这些细枝末节上，不协调的感觉一直存在：以前没用过的厕所芳香剂的香味，厨房烤架上留下的烤焦的酱油渍，察觉到的时候已经被羊毛垫盖住了的拖鞋……如此之类的事情。经年累月，这种不协调的感觉不断得到强化，而我也意识到自己就生活在这种不协调的苦闷中。而且这种不协调感被巧妙地包装起来，无法用语言揭示它的模样。无法言明的不协调感带来的无法言明的烦躁，终于若隐若现地出现在我们两人的生活中。理应奏出优美动听音乐的管弦乐队里，不知哪个乐器走了音，可无论怎么侧耳倾听，我都找不出是哪里出了问题。

我也想过，可能事情不是这样的，或许变了的人恰恰是我自己。或许不是什么乐器出了状况，而是我自己的听力有了问题。也可能是工作调动的缘故，于是借故喝酒消愁，直到落得被迫戒酒的地步。疯狂到死地去蛙跳，又疯狂到死地不再蛙跳。

相较于我，由里子根本没有任何变化，只是年复一年日复一日地照顾着我和女儿。

我想起在黑暗中闪闪发光的那双眼眸。

大概是醉酒后的幻觉，也可能仅仅是错觉而已——我开始有这样的想法。虽然那一幕还残存在记忆中，但只有这样想才更自然。奇怪的，一定是我自己。

一直疾驰向前的高速列车突然开始减速，最终停了下来，停在没有车站没有城镇什么都没有的法国南部的田野正中央。乘客一开始还很冷静，可这种状态持续了二三十分钟后，都吵吵嚷嚷起来。

由里子还在睡觉。

车内响起了法语广播。似乎列车运行前方有火灾发生，说是要在得到安全确认通知后，车才会再次启动。听到广播的法国乘客都缩紧脖子，露出“糟糕了”的表情，纷纷开始下车。列车发动机熄火后，本来运转良好的空调冷气也弱了下来，车内温度骤然升高。

我一个人下了车，留由里子在车上继续熟睡。

这里正处法国南部的田野，一下车，干燥舒适的空气就包围了全身。法国人躺在铁路沿线的枕木上晒日光浴，把在车里玩的扑克移到了外面的草地上，也有围成一圈把酒言欢的。不知是谁拿出了收音机，里边缓缓传来鲍勃·马利的雷鬼音乐。

我也坐到草地上，吐着烟圈望着天空，因为能想到的只有这件事可做。

天空辽远，鲜艳的绿色铺展开来。一眼望去，广阔的田野上随处可见巨大的丝柏树。

不久，由里子也下了车，看到我后，在我身边蹲了下来。

“前边有火灾？”

“据说是在马赛那边，完全恢复运行还得两三个小时。”略懂法语的由里子告诉我。

不一会儿乘务员走下车，开始给在外边打发时间的乘客们派发矿泉水。由里子要来两杯装在塑料杯里的水。乘客们围着乘务员，笑声响彻四方。

“还有多久？”

“那得问风向了。”

“等了好久啊。”

“马赛的消防员大都很懒吧！”说着我们笑了起来。

“大家果然都很悠闲啊。”我对递来水的由里子说。

“是啊，有人不是说了嘛，反正着急也没有用。”由里子笑着说道，眼角挤出一丝细微的皱纹。

我老了，不知不觉间由里子也在慢慢变老。意识到这件事的瞬间，我心中涌起一股深切的怜惜。仔细想想，很久都没有像这样在灿烂的阳光下看由里子了。

列车已经停靠三个多小时了，要是没发生这件事，我和由里子可能都没有机会看清彼此脸上的皱纹。我们晒着太阳，漫无边际地聊着天，等待发车。

“鲍勃·马利的歌，过去经常能听到啊。”音质不好经常破音的收音机里传来雷鬼音乐，由里子似乎很感兴趣，侧耳倾听着。还是学生时，我们经常去新宿的雷鬼音乐酒吧约会，那里每天都会传出这首曲子。完全没想到在法国南部的田野上会再次听到。

由里子静静地拉过我的手握起来，有了惠美后这大概还是第一次。接着，像过去一样，她把头埋到我的怀里，我们开始交往时她就喜欢这样。

抚摸着由里子的头发，我突然想到，或许我没有改变，由里子也没有改变。

如果真有改变了的东西，那一定是我们两人开始往山下走了。或许我们彼此都感觉到了这一点，都觉得有些恐怖，于是为了逃避这个事实，用各种办法在两人之间设置屏障，以此负隅顽抗。我之前感觉到的不协调感并不是由里子带来的，而是周遭的风景开始变化导致的结果。

日常生活突然裂开一个大口子，我们两人掉在了时间的陷阱里，只有从那个地方才能看到我们攀登的那座山的本来面貌。我第一次有这种感觉。

慢慢地下坡吧！

我用几不可闻的声音，对躺在怀里双眼紧闭的由里子低语。由里子应该听不到，却轻轻点了点头。

让我们用长长的时间，慢慢地走下山坡吧。我们两人一起爬到了山顶，从今往后，要一起走下山坡。途中会遇到什么，不知道；要持续多久，也不知道。但就让我们这样慢慢地走下去吧。这次，我要边下坡，边看看沿路的风景。如果下山的道路分成两条，我们必须分道扬镳，那也没有办法。但是，现在还只有一条路，两个人的身体还紧紧拴在一条绳子上。

我和由里子双手紧握，蹲在地上，不知何时起开始悠闲地望着身穿比基尼的女人们晒太阳。偶尔一阵微风吹过，蒲公英一起轻轻摇摆。眼前的一切都停滞下来。

“想知道发车时间，去问问马赛的风。”

矿泉水承载着乘务员的歉意，旅途重新变得愉快起来，法国南部不知名的田野上，雷鬼音乐响彻不停。

孤独，或类似的东西

1

没有体会过孤独——这种孤独感，有多少人可以理解？这才是真正的孤独，恐怖幽暗，如同深不见底的黑色沼泽。

我和茜在一起的时候，就是这样。意识到这件事，是在高中毕业前的一个晴好的春日。在学校上完无聊的课后，我像往常一样慢悠悠地闲逛着往家走。下了山坡跨过一条小河，沿着大型卡车川流不息的一七六国道走了大约十分钟，在拐角处一次都没去过的小吃店那里右拐，再穿过绿草丛生的神社后，有一个小公园。在那里休息的时候，晃着秋千荡来荡去的我，不经意间就有了那种想法。

没有体会过孤独的孤独——就像向下窥视深不见底的深渊

一般残酷无情。

红色运动鞋随着秋千缓缓荡起的节奏轻轻摇摆，鞋尖上一只刚刚破茧而出的纹白蝶嬉戏般翩翩起舞。

“那可不是花哦。”我对它喃喃细语多次，可这只刚出生的小蝴蝶依然绕着鞋子不肯离去。这和我明知突然萌生的“没有感受过孤独的孤独感”这种想法对自己来说很危险，却没有办法挥之而去如出一辙。

风起时蝴蝶会从脚边飞走，但不一会儿就又飞回来了，就这样来来回回了好多次。

空无一人的公园里，我晃着秋千摇来摇去，望着西边刚被染红的天空。学校那边的山坡上，巨大的太阳开始下沉。三层的教学楼驮着夕阳屹立在草地里，洒下一片影子。

“那可不是花哦。”我再次向蝴蝶低语，同时，也在拼命说给自己听：那不是花，而是红色的运动鞋，我心中萌生的感情也不是孤独，一定是别的什么东西。

想起了小学五年级时妹妹茜哭得上气不接下气的那天，想起了她那张因恐惧而扭曲、怎么安慰都无济于事的脸。

我并没有欺负她，只是说了这么一句话：“我比你早出生三分钟，所以一定也会比你早三分钟死去的。”

详细情况记不太清楚了，那段时间很流行那种关于因白血病还是什么病去世的女孩子的电视节目，那天我们两人一起屏气凝神地看完了最后一集。当时我只是把感想随口告诉了茜而已，并不知道那句话在茜心中会引起怎样的化学反应。但后来我知道了，那句话流进跟我一模一样的耳朵里，带来了差点把她的脸融化掉的泪水、口水和号哭。

我和茜于一九七九年出生在兵库县。据说父亲从医生那里得知是一对双胞胎时，差点当场晕倒。这个桥段自打年幼时到现在，不知已听了多少遍。我和茜特别爱看父亲表演当年他听到医生说是双胞胎的那一瞬间两眼翻白、屏住呼吸、几乎跌倒的样子。我们深信看着这幕场景一起放声大笑的姐妹俩，扮演着重要的角色。小时候我以为父亲是太过高兴才做出那样的举动，并对此深信不疑。但随着年龄渐长，才隐隐觉得事情并非如此。对于在电力公司一线岗位干活的父亲来说，一下子要养育两个女儿，从经济方面考虑一定不易。

父亲喜欢蓝色，所以给我起名叫“蓝”。

母亲喜欢红色，因此妹妹叫“茜”。

蓝和茜。不管是对父母给我们起的名字以及名字自带的语感，还是成长环境，抑或是父母之间亲密的关系，我们两人都没有丝毫不满。早生三分钟的我从小被教导要有长女的样子，我自己暗地里也很为这个身份骄傲。茜就是一副妹妹的模样，总是紧紧跟在我身后。刚上小学时我俩被分到了不同的班级，这件事对我们来说是个小小的打击。但家里人解释说，要是在一个班，会让老师和同学们没法区分我们，给人带来不便。我们只得同意，因为能完全将我们分清的人只有母亲一人。父亲出了个主意，让我们一人剪短发，一人留长发，并且几乎每天这个“提案”都会被提一下，但每次都会被我们姐妹外加母亲全票否决。

茜就像是镜子里的另一个我，有茜才有我的世界。在镜像阶段，幼儿看到镜子里的形象，会意识到那就是自己，而不是别的什么东西。但在我们姐妹的成长过程中，这个阶段却极其模糊。我面前经常有个镜子里的自己，那就是茜。

刚上小学时，我们俩有了一个小小的房间供学习用，还有了一张上下床。虽然抽签结果是我睡上铺茜睡下铺，但我们总是在下边的床铺上相拥而睡，这像极了在母亲子宫里时的姿势，能带给我们一种安全感。我们总像胎儿一般紧抱着彼此，或许两个人都发自心底觉得，孤独这种东西与我们离得太远。

就像很多双胞胎一样，我们身边也没有可以称得上朋友的人。不管说了什么，哪怕什么都没说，身边总有一个几乎可以瞬间完全理解你一切想法的人，这便足以构筑起一个完美的世界。在那个世界里，容不下朋友这样的怪物。

那是我和茜两人建造起来的王国。

就像叠加起来的镜子可以呈现出永无止境的世界，王国里有着一望无际、深远辽阔的自由。我们甚至认为，只要两个人在，这个王国就会永远存在下去。因此，“我死之后的三分钟茜就会死”这样的话，或许有着危险的力量，因为它暗示了本该生生不息的王国的终结。

看着在红色运动鞋尖飞舞不去的白色小蝴蝶，我感到了这种像是窥视深不见底的深渊一般的孤独。但它的本来面目究竟是怎样，如今已二十五岁的我仍然说不清楚。就像不管我怎么说“那不是花”，蝴蝶都不肯离去一般，或许我也只是把别的什么感情冠以了“孤独”的名字，伤春悲秋，对暮色渐沉的天空和与其不相配的小蝴蝶产生了孤独的感受吧。

我总是想得太多，在孤独或类似的东西旁边飞来飞去。

2

浩史今年二十五岁了。

他长得不高，却结实健壮，性格像三角尺一样刚正，不过有一个让人为难的癖好：经常说些差劲的笑话，然后独自哈哈大笑。

比如每次我俩在我吉祥寺的公寓里吃火锅时，他都会这样说："今年美国职业棒球大联盟的本垒打王是……"

"什么？"

"巴黎宾治[①]，开玩笑啦。"

"……"

每当这个时候，我的脸就像刚用不久的香皂一样，僵硬成一块惨白。

看到我这副面孔，浩史会一脸单纯地哈哈大笑起来。今年秋天大学毕业的他通过了地方公务员考试。几个市的政府机构

①用于火锅及凉拌食品等的调味料。"巴黎宾治"在日语里发音与"巴里·邦兹"相近，巴里·邦兹是前美国职棒旧金山巨人队的球员，以擅长本垒打（攻）、盗垒（跑）及守备（守）之全能打者而闻名。

向他抛出了橄榄枝，其中有长野县的饭田市、山形县的天童市和埼玉县的川越市。明明这几天就必须给人家答复，但浩史仍旧完全不当回事。

他只是无忧无虑地说些“川越不上不下啊”“饭田应该很漂亮，但似乎有点闭塞”“天童有温泉和好吃的，但有点冷吧”这样的话，其实他没去过其中任何一个城市。对于打算等他上班后明年春天就结婚的我们俩来说，这是个大问题，因为我们很有可能一辈子都会生活在那个城市的街区。

“要不去看看吧？”我说道。我们有可能在那里建造新居，生儿育女。亲眼看看那个地方怎样，是理所当然的事情。

“没关系吧。”浩史一边用勺子捞着锅底一边笑道，“反正去了也只会更拿不定主意。跟着感觉走吧，那样有趣些。”

“但是市政府的氛围什么的总不尽相同吧。”

“那种地方都一样啦。”

目前看来，浩史倾向去天童。我隐隐觉得最大的理由是那里盛产樱桃和洋梨，但并没开口问。他是北海道带广市人，天童离他的家乡更近一些，心里也会更踏实吧。可是这样一来，就会离我的家乡兵库更远，浩史也考虑到这个问题了，因此一直没有明确表示要去哪里。

“蓝决定吧！”

“连去都不去就决定？”

“没错，用你的直觉选一个。”

“那不如去川越怎样？离我们最近，搬家也最轻松。”

“别只考虑轻松不轻松，想长远些，想想你的梦想。”

梦想啊！我望着浩史敦实的身体。

“那去饭田？”我故意使坏地说道。

“当然可以啊，挺好。”

“别这样嘛，真没劲。说正经事呢。”

饭田那个地方似乎很干净，我有一种直觉，那是个朴素的地方。被青山绿水环绕，空气也会分外澄明吧。其实对我来说，饭田是最强有力的候选对象，但一想到今后几十年还要听几百回这个冷笑话，也不由得心生畏惧。

去哪里，都行。

怎么样，都好。

每次这样说时，眼前就会浮现出浩史一个人哈哈大笑的样子。那样的人生哪里是梦想，简直就是“噩梦”。

“但是饭田可能没有浩史喜欢的成人影碟店，川越和天童倒是有很多呢。”我努力试着绝地反击。我们刚交往时在他的住处发现的成人影碟，到了两年后的今天，仍然是我绝佳的攻击武器。

为了躲开我的攻击，浩史去冰箱里拿了一罐啤酒。为了随时欢迎浩史，我房间的冰箱里常备着健力士啤酒。

“痛苦的时候马上来罐健力士……”浩史哼着得意的小曲，打开了冰箱。我看着他胖墩墩的背影，心里一阵温热：哎，这也算是种幸福。

梦想不在将来，此时此刻，就是我梦想中的模样。

3

初一时，我有过一次不可思议的体验。

那天，母亲带着我和茜从梅田的百货公司买完东西往回走。我们买了成套的内衣和其他衣服，三个人一起给父亲挑好领带，还买了些晚饭要吃的小菜。就在往阪急梅田站走的路上，我和她俩走散了。当时快到圣诞节了，路上的人摩肩接踵，很是热闹。当时的我觉得自己一个人也能回家，但心里还是非常不安。因为之前虽然和茜一起在家与梅田之间往返过多次，却从没有单独走过这段路。

我在阪急梅田站附近拼命找寻着母亲和茜的身影，但越是急得满地打转地寻找，离她们就越远。被人群包围的我，像在牢笼中不停胡乱挣扎的困兽一般，但我还是一个劲儿地拼命寻找着她们。下了电梯，我终于在一家大型书店门口看到了茜。

“茜，茜！”我边跑边挥动手臂。茜也挥了挥手，离我越来越近。

我是什么时候意识到那件事的？一种头晕般的厌恶感袭来。挥着手朝我跑来的不是茜，而是一面巨大镜子里的自己。意识到这件事的瞬间，我浑身僵硬，不能动弹。看着镜子里呆若木鸡的自己，一阵恶寒在身体里肆意游走开来。

镜子里的人，是我自己。

幼儿时期的必修课，我到现在都还没掌握。对镜子里的自己，那个挥动手臂向我跑来的自己，我只有厌恶感和恐惧感。我盯着镜子里的那个自己，一动不动，只想着必须要接受这个事实。那个人不是茜，是我自己。证据就是，我右手提着的给父亲的领带，在镜子的映射下，分明在左手中。

一股寒意透彻骨髓。

因为镜子中的我，正在拼命地确认镜中的人是我自己。

作为双胞胎之中的一个长大，我毫无怨言，反而还觉得很快乐。仅仅因为我们是双胞胎，身边的人就会展现出关注和善意，这是普通的孩子得不到的；仅仅因为难以区分我们，周围的人就会一个劲儿地笑啊闹啊，对我们宠爱十足。

我们几乎不需要付出任何东西，就能得到周围人的关怀，我们只要做到不易被区分开来就够了。我和茜从学校回来后，就会在小屋努力练习这一拿手本领，从手指的细微动作到刚学不久的英语发音，再到弹钢琴出错的地方，我们都会练习到完全一致。我们认为这样就会得到更多人的喜欢。衣服、音乐、读的书、看的电影，我们的喜好被练习得完全相同。结果就是，我们能几乎同时不经意地哼起同一段小曲，来例假的日子一样，阴毛长出来的形状也一样，到最后连初恋喜欢的男孩子都是同一个人。

如果说初中时的我们俩有那么一丁点差别的话，那就是我不经意的一句话就会让茜的心中生出恐惧的恶魔。

“我死后的三分钟，茜会不会也死呢？”

对这句话反应过度的茜无法自已，抽泣不止。恐惧本该渐渐消失，结果却如小鹌鹑蛋一样在茜的心中滋长起来。就像鸟妈妈鸟爸爸保护鸟蛋一样，茜把那种恐惧紧紧抱在胸前，根本不想放它出来。我曾想，茜紧抱着的小鸟蛋虽然最终没有孵化出来，却开始让我们的性格渐行渐远。

我和茜的初恋对象是一年级 B 班的大红人奥田。我在 A 班，茜在 C 班。像大多数的初恋一样，我们的初恋也是淡淡的，天真无邪。夜深人静的时候，我和茜就爬到上铺，痴迷地聊着奥田。

“要是奥田能喜欢上姐姐或我就好了。”茜低语道，双眼闪亮有神。

“为什么？”

“因为那就等同于喜欢上我们两个人了。”

“茜去跟他告白吧。要是他同意了，我就能和他交往了。”

“姐姐太坏了。”

“那要不反过来？”

“这倒可以。”

“但你要想清楚。”

“嗯？”

“如果奥田不喜欢我，那他也不会喜欢你。电视上男孩子拒绝时不总是说‘我们不合适’吗，要是他跟我不合适，就更不会跟茜合适了。”

“啊，那怎么办啊？”

“想想就觉得不可思议。今后茜一定会谈很多次恋爱吧，接着我的声誉就会跟着受损。因为你受欢迎就等于我受欢迎。”

就这样，我们的初恋会谈没完没了地持续着。

“要不拼一次？”茜调皮地说道。

“放手一搏？”

“对，反正他区分不出来。”

“为了让他分出来，茜把头发剪短怎么样？”

“才不要。”

“为什么呢？”

“要是奥田喜欢长头发的女孩怎么办呢。”

“到时候我出面，就说我是长发版的茜。”

“姐姐真坏。”

每天晚上两个人都会开作战会议，结果什么结论也没有得出来，就像大多数初恋最后都无果而终一样。当然了，我们并没有给奥田送情书，没有放手一搏，也没有和他说过话。有的夜里，我们会祈祷奥田能区分开我俩，但事实上或许我们更想一直都不被区分开来。我想，茜和我都预感到了，能被区分开，就意味着我们接下来的人生里将会多次直面这种严峻的情况。

4

结果到了后来，想被人认出来的并不是我，而是茜。我们上了宝冢市的同一所公立高中，一如既往地被分在了不同的班级。

配合着升学，家里的后院增建了房子给我们用。不到一个月，并不宽敞的院子里就平地而起了两层楼，像是突然被巨大的柿子树一口吐了出来。

按照抽签结果，茜住二楼，我住一楼。小时候用的上下床被拆开分别放到我们的房间里，茜和我开始在不同的房间里生活。

我和茜都长大了，独自生活更自在些。

两个人的身形和性格没发生大的改变，发展的方向却有了一点不同。我热衷小说，便只看书。一开始，只要我读过的书，茜也会马上去读，但后来读到陀思妥耶夫斯基和三岛由纪夫时，茜还是放弃了。

大概是高一那年的秋天吧，我第一次感到，对我来说重要的东西，对茜来说，未必同样重要。

比起小学和初中，高中的空间稍微广阔了些。一直以来的闭塞感缓解了不少，与此同时，之前的那种亲密感也变淡了。这种舒展的感觉就像是在同一间屋子生活的两姐妹终于有了各自的房间一样。对一般高中生来说，这种感觉微乎其微，只会稍觉惬意，抑或根本就意识不到，但对于我俩来说，这简直是令人震惊的广阔新天地。

那种感觉，或许与自由相近。面对着成为高中生后才第一次拥有的自由，或与其相近的东西，我们为之手舞足蹈，欢歌雀跃，以忍受孤独和寂寞为代价，在它的遮蔽下各自生活。

茜喜欢打篮球，一入学就加入了篮球部，频频展露才能。高一的她被选为正式队员，个子小小，在球场上却穿梭自如。篮球每多投进篮圈一次，我们之间的不同就又加深一分。茜决定投三分球的那一刻，她离我已经远了三分。

当然，我们这样就挺好。

镜子确实可以呈现世界，但呈现出来的已不再是原本的世界。我和茜都开始注意到这一点。我们迎来了应该充分认识到镜子中的身影是自己的时刻。

高二时，两个人几乎同时陷入了恋情，而且实在是幸运，我们没喜欢上同一个人。更为幸运的是，两段恋情都进展得很顺利。

筱原，是我第一个男朋友的名字。虽说是交往，我们也不过只是在学校附近的公园散步或去附近的小山郊游而已。有时筱原会往我的柜子里投点他平日里写的杂七杂八的日记之类的东西。作为回应，我也会把白天发生的事情写下来，投进他的柜子。可以说我们的交往仅限于此，但对我来说已经足够。和筱原并排坐在公园的长椅上，眼前的风景和以往见过的任何景象都不同。我不再是镜子了。我用力感受着、呼吸着真实世界中的空气，甚至觉得不需要去为了确认看不见的东西而试着将手伸向根本不存在的镜子。仅仅是和筱原在一起，我就得到了多么大的释放感啊!

只要坐在他身边，树就是树，风就是风。

高二那年秋天，看上去每天都很开心的茜遇到了一点小小的变故。临近高中体育联盟运动会的一天，茜在放学后的练习中受了伤，跟腱断裂。

做完手术后，茜在病房里一脸寂寞地对我说：“我快要明白了。”

“明白什么？”

“左脚跟腱完好的是蓝，断了的是茜。”

“很快就会好了。”

“但伤疤不会消失。”茜背对着我说道。

茜的肩膀在颤抖，我知道她哭了，但她拼命忍着，不想让我听到。

“没法参加比赛很遗憾吧，努力练习了那么久。”

“并没有。”茜摇了摇头。那一瞬间，我全明白了。茜并不是因为不能参加比赛、可能永远也回不了赛场而不甘心，她不甘心的是，身上被刻上了和我不同的记号。

“姐姐，对不起。”茜仍旧背对着我。

“道什么歉？”

“我也不知道，但真的非常抱歉。”

我将右手伸到茜的脸颊倾斜的一侧。茜双手紧紧握住我的右手，抽泣起来，泪水扑簌簌地打在脸颊上。她想要忍住哽咽，却更加哽咽不止。

“是不是疼？”

才不是因为疼，就算是疼也不会疼到要哭，我再清楚不过。但此时此刻，我想不出还能对正在哭泣的茜说些什么。

茜握着我的手，强忍哭泣。我忽然想起母亲曾说过，茜小时候经常嘬着我的指头睡觉，就像嘬着她自己的指头似的，心中顿时五味杂陈。

我应该就是在那个时候意识到的。

比我晚生了三分钟的妹妹，心里仍旧死死地抱着那枚鹌鹑蛋。那枚蛋在妹妹的羽翼下无声无息地成长了起来。

5

高中毕业后，我离开父母，去了广岛念大学。我就像避开了风雨和外敌的蓑蛾幼虫一般，将自己卷在厚厚的叶子中，享受着大学生活。后来找到工作去了东京，已经是二十二岁时的事情了。并不是没想过回老家，但大学时交的男朋友要去东京工作，我也就半推半就地决定去东京了，也算是回报他之前的照顾。

田口和我一共交往了四年，大学三年，东京一年。每次见面他都想做那事儿，一开始我对此很讨厌，但慢慢地也想通了，男人和女人的交往不就是这回事吗？田口对女人有种典型的误解，他认为，女人都是为性而生的动物，无性不欢，甚至认为那是女人的本能。

其实我不太在乎，这样一想，我也并非不能表现得如他所愿。田口是一个好的选择，他在业界顶尖的公司上班，个子很高，一脸沉稳，工作上意气风发，锐意进取，有时候看上去真的是闪耀夺目。

但是田口并不知道我心里负荷的重担，也不明白我为什么必须要依靠他，甚至根本都不会去想这些，他就是这种人。什么时候、以何种形式去见我父母最好，还没确定下来的婚礼要用哪种风格……诸如此类，才是他关心的头等大事。

或许那样也挺好。正因为田口是那种类型的男人，我才选他；正因为他那种性格，我才能心负巨石却平安无事地过完大学生活并顺利在东京找到了工作。从这个意义上说，我利用了他，该感谢他。

再常见不过的一对情侣，遇到了再常见不过的问题。田口有别的女人了。

那件事是某一天田口亲口对我说的。在他跟我坦白的过程中，我隐隐地觉察到，那对他接下来的漫长人生有着重要的意义。

“说实话，我不想骗你。我想蓝你一定能理解的，实在是对不起。但我控制不住对她的感情，很抱歉伤害了你。”

我一言不发，只是听着。既然我是在他的请求下从广岛来了东京，那在他的请求下孤独地留在东京这个大城市也未尝不可。总之，事已至此。

我不禁觉得，这一切都太幼稚荒唐了。但是，有一点我无论如何都不能原谅，那就是田口最后耷拉着脑袋说的那句话。如果说最后的一夜我还想说些什么的话，那就是：

“你手里根本就没有能伤害到我的利刃。”

但我选择了沉默。

不一会儿，田口慌慌张张地站起来，离开了咖啡店。就这样，如他所愿地，我来到了这里，又如他所愿地，一个人孤独地留在这里。

那年的冬天异常寒冷。

我没了可去的地方，平日里上班，休息时就去井之头公园随便走走。我呆呆地望着公园中央的池子，脑子里全是茜，还有那只在我脚边盘旋多时的形单影只的蝴蝶。

连同有关茜和蝴蝶的记忆一起复苏的，还有筱原在高三的某一天偷偷放进我柜子里的只言片语。

蓝：

昨天的事，谢谢你。

接吻像往常一样棒，昨天晚上我兴奋过头了，做了那样的事，十分抱歉。为了彼此，我们暂时不再继续往前了好吗？因为我想珍惜你。

其他没什么了。

公园的池子里，水鸟游来游去，我喜欢逆光看它们这样。从常坐的那把长椅的位置，可以望见游动的水鸟将波光划开。那些属于过往的讳莫如深、暧昧难言的记忆，似乎也同时被锋利的尖刀劈开了。

第二天我给筱原简单回了封信。

筱原：

拜托你下次再做那件事时，确认一下我左脚有没有伤疤。

我当然清楚不是筱原的错，但当时的我和筱原都太年轻，没有能力解决这件事，让一切回到原来的样子。我和筱原连接吻都没有过，更别说再进一步的事了。

从那以后，笔记本再也没有出现在我的柜子里。

但我一点都不想责怪茜，所以从没追问过她这件事，甚至连提都没提过。跟腱受伤后的茜很可怜，她退出了篮球部，开始和不务正业的朋友出入声色场所。吸烟，喝酒，骑飞车，在外面鬼混，回到家时经常已是凌晨。美丽顺滑的长发不知什么时候起变得枯黄干燥。好几次对父母声嘶力竭地大喊大叫，经常彻夜不归，在外边一待就是好几天，但我却无能为力。

就像那次茜醉酒后意识不清地大喊的那样，我们俩已经不是双胞胎了。仅仅是一条跟腱之差，就将茜推到了那么远的地方。茜希望做的第一件事，就是把我们俩之间那面让世界变得永无止境的镜子打个粉碎。生活被打乱后，茜就开始厌恶起了王国的幻影，于是想用暴力毁灭它——也就是我。但她不能毁灭我，因为毁灭我意味着将她自己也毁灭。

我并非不能理解那种焦躁。

因此，我只能静静等着茜体内的狂风止息。不知不觉间，我成了大家口中那个“不可救药的暴走失足少女茜的姐姐”。

高三的一个夜晚，我再也受不了那种不安的感觉，放声大哭起来，趴在床上哭啊哭啊泪流不止。后来我睡着了，睡梦中依旧在哭泣。

做了好几次噩梦，梦里的我对着镜子中的自己，挥手大声喊着茜的名字，边哭边祈求。只要茜能留在我身边，再怎么说我的坏话都没关系，再怎么欺骗我的恋情都没关系，只希望能和我一起构筑起我们的王国。我发自内心祈祷。在意识和无意识的混沌之间，我不停哭着祈祷。

那天晚上，茜不在了。

摩托车出了事故。

骑摩托车的男人以一百五十公里的时速突然闯到路口，与正要右转的车猛地撞上了。两个人刚抢了一家便利店，急着要逃。后座上的茜没戴头盔，被弹出五十多米，直接摔到了柏油马路上。

脑外伤加上颈椎骨折，人当场死亡。

我无意间说出的那句话，一定在茜的体内生成了一枚蛋。她怎么都摆脱不了，于是将那枚自己根本处理不了的蛋紧紧拥抱起来孵化，最终孵化出了那样一个怪物。

本来是一枚因惧怕死亡而产生的小小的蛋，经过那些癫狂的夜晚，竟变成了那么大的东西。

变成了对逃之不及避之不去的死亡的亲近感。

我却忽视了。

忽视了那枚蛋的潜滋暗长，忽视了妹妹曾离黑暗那么近的生活。

6

和田口分手的那个冬天，我的精神状态极度恶化。高中某一天突然侵袭而来的孤独感，再次如巨石般毫不留情地压在心头。

那种孤独暗无天日，深不见底。

对于作为双胞胎之一长大的我来说，那种感觉从未有过，根本无法想象。

高中毕业，大学，工作，我一直过着阻滞了神经般的生活，出于偶然的原因，这至为重要的阻塞物支离破碎了。刚开始，压抑的感情就像洪水决堤，不受控制地满溢。本以为终归会停下来，可这水漫无边际地一直流啊流啊，最终淹没了执掌我情感的部分。我在吉祥寺的公寓里一个人抵抗着那种崩溃，但那终归不是凭我一己之力就可以承受的东西。

我去广岛上大学前，父亲曾严肃地对我说："把茜忘了，好好活着。把所有回忆都藏在心里，若无其事地活着。从一开始你就没什么双胞胎姐妹，你是我最爱的独生女。”

父亲哭了。

茜去世后的几年间，父亲都以泪洗面，看上去老了二十岁。但无论我们多么苦痛怎样挣扎，都无法改变既成的事实。家里所有人都是这样想的。

“从今往后，这一辈子，都不要跟人说有过茜这个人。”

这是我和父亲的约定。

如果说这是父亲万分悲痛后得出的结论，那我选择尊重。有一个抢劫了便利店、跟一个暴走族男人一起死于飞车事故的妹妹，对我将来的人生不会有什么好处。父亲最担心的莫过于此。

“把茜的东西整理一下，随后都一并扔掉吧！”

听到父亲的话，母亲号啕大哭。

“有个墓就行了。但是在爸爸妈妈也进去之前，就当它不存在吧。我们不是要忘了茜，而是把她封存在我们三个人的心里。”

在逆光嬉戏着的水鸟跟前，我看到了自己脚上穿的红色运动鞋。鞋子样式很特别，左脚鞋后跟略厚，很好地护住了跟腱。这是跟我一起生活了十七年、除了最后一年几乎从未分开过的茜留给我的唯一的东西。

我遵守了和父亲的约定，不管是去广岛还是来东京，都没对人说过我曾有个双胞胎妹妹。当然，对田口也没说过，对大学为数不多的好朋友也没说过，对公司同事也没说过，对谁都没说过。

但是，大坝还是决堤了。

身体像是被埋进了石堆中一般沉重，连续很多天都彻夜不眠。这是茜的愤怒在我身上的体现，她不能容忍自己被封住。我无法抑制这种想法。后来我开始频繁服用安眠药，同时向来不喝酒的我沉溺在了酒精中。由于无法保证出勤率，我被多次告诫再不好好工作就会被开除，但仍然没有办法。在昏昏沉沉的日日夜夜中，我开始怨恨父亲。从一开始他想把我妹妹封在什么地方的想法就是错误的，人的一生不能被随随便便地用橡皮擦掉。把这件不可能完成的事强行推给独自生活在东京的我，这种做法是错误的。我也才不过刚满二十三岁，正是需要被人呵护的年纪啊！

不过，就算再怎么恨父亲，也抑制不住决堤的洪水。我试着稳稳地站在洪水之中，努力不被冲走，但那不过是无谓的抗争。我站得越稳，却只是伤得越深。

喝多少劣质的酒都抵挡不了持续袭来的孤独感。我把头埋在被子里，咬着枕头大哭。指甲用力划过榻榻米，哭泣仍在继续。但哭得越厉害，在泥沼里就陷得越深。再累再醉、吃再多安眠药，睡意都迟迟不肯造访。那样的状态持续了好几周。

一天，一切到了极限，我再也承受不住。我给公司寄去辞呈，吞了往常五倍剂量的安眠药，灌了很多威士忌，穿着裙子躺倒在浴缸里。

感觉像浸泡在了泥水里。

我也不知道自己在做什么，只记得模糊的意识一角回响着父亲的声音和母亲的哭声。父亲对哭泣的母亲大喊："当蓝也从没存在过吧！"

药物和酒精在体内迅猛地奔流，我忍受着完全浸在水里的彻骨寒冷。有时不省人事，头也会浸到水里，难受得厉害就把头再抬起来。但是，下一秒又会把头埋进水里。我并非想死，只是筋疲力尽了，想稍微休息一下，哪怕是一会儿也好，我必须彻底地放松休息一下。

慢慢地，头浸在水里的时间越来越长，不再难受了，只觉得温暖。这样也好。我已经太累了，站不起来了。嘴里灌了一口水，多次剧烈地咳嗽，但就连咳嗽的次数也越来越少了。

意识模糊之际，我听到有人在说话。为了听清那个声音，我把仅剩的力气悉数拼上，使劲摇头。就在那时，我看到了浴缸旁边的镜子。

我看到了。

镜子里的自己穿着裙子泡在浴缸里，疲惫不堪、一脸可怜。意识快要断裂时，我又看了一眼镜子。

我突然想到，这不是我。

镜子里的人不是我。

我知道的。

对，是茜。

是茜。

终于意识到这件事的瞬间，我感到自己冰冷的感情迸发出了温暖的火花。

我偷偷地盯着镜子。

没错，那是茜。

她没有抛弃我，她来帮我了。

“茜……”

不对，我也不知道了。

镜子里的人，到底是我，还是茜?

我将手探向镜子，镜子准确无误地映出了我伸过去的指尖，但指尖的那一头是谁的身体，我并不清楚。我就那样抓着镜子，顺势撞到浴缸的边缘。一声巨响，镜子粉碎，那声音将我身体中的某种东西唤醒了。我把手伸向脚边，用尽全力拔开了浴缸的落水头。

7

“昨天做奇怪的梦了。”我对浩史说。

“什么样的梦？”

“梦到我的双胞胎妹妹给我打电话了。”

“双胞胎妹妹？”

“是的，你想听吗？”

“嗯。”

“她说：‘姐姐，和我结婚的那个人真是个奇怪的家伙。晚饭我给他做了炸猪排，他竟然说炸猪排的酱还是萨米酱[①]好。’”

①用于烧烤等的酱料。“萨米酱”在日语里发音与“萨米·索沙”相近，萨米·索沙是前美国职棒大联盟选手，主要担任外野手，目前为自由球员。

“什么？”

“开玩笑啦。”

眼前是刚迎来冬天的天童市，一望无边。尽管浩史不情愿，我还是拖着他从上野坐上新干线，把他强行带到这里。出站后我随手叫了一辆出租车，让司机带我们随便去哪儿都行，最好是去那种能代表天童市的地方。他把我们拉到了舞鹤公园，公园在略微隆起的山丘上，从这儿确实可以看到天童市的全貌。

“然后我妹妹说道：‘我的男朋友矮矮胖胖，个子不高，但身体还挺结实。明明是小学老师，性格一板一眼，却经常说些大叔们才会讲的无聊笑话。简直就像细菌一样。’”

天还亮着，风却冷飕飕的。

但是很舒服。

浩史像是没听到我的话似的，俯瞰着街景。“这里的街道宽阔又干净。”

“浩史？”

“怎么了？”

“你在听吗，我说的是很重要的事情。”

“我知道。”

“我妹妹接着又说：‘真好啊姐姐，姐姐将要结婚的对象和我男朋友简直一模一样，短小精悍。太好了。一定是这样的，我们的初恋也是同一个人。这下我就放心了，恭喜你。'”

“不懂。”

“听着就是了。”

“好嘞。”

“我有一个双胞胎妹妹。”

“啊？”

“她叫茜。”

浩史什么也没说，沉浸在由秋入冬悄无声息的季节更迭中。我自顾自说着茜的事情，从她出生到现在的所有事情，毫无保留地一吐而出，甚至还说到了父亲吩咐我不要对任何人提及茜这个人。浩史眺望着天童市，侧耳倾听，好几次小声应和我，时而吃惊，时而大笑，时而一脸深沉。他从没这么认真过。

“双胞胎真是不可思议，就算相隔千里，也会同时感觉到疼痛。”

“这样啊。”

“不好意思，现在才告诉你。”

“没关系的。”

“真的吗？”

“嗯。”

一个雨天，浩史像捡到一只小猫一样在井之头公园捡到了我。当时我刚接受完针对药物依赖和酒精依赖的治疗大概一周，正在雨中眺望着公园的池子。就在那时，浩史在我身旁的长椅上坐下，为我撑起雨伞，说了声“你好啊”。

接下来是短暂的沉默，我依旧只是望着水鸟，体会着雨水带来的喜悦，却感到自己被一种不可思议的温暖包裹了起来。有人为这样的我撑伞——一念及此，血液似乎开始在四肢流淌起来，也许是三个月的治疗有了效果，但绝不仅仅是治疗的缘故。大概两周后的一天，在同样的地方，我又遇到了浩史。

他吃惊地看着我说：“假设一个人一生中会遇到一千万人，第二次遇到同一个人的概率不就是千分之一吗？”

第三次遇到同一个人的概率就是百分之一，第十次遇到同一个人的概率就是二十分之一。

一天，我在吉祥寺的一家酒吧边喝啤酒边对浩史说：“那样的话，到什么时候你才能成为我的一分之一呢？”

没错，二分之一都不行，我也想成为浩史的一分之一。

每当看到浩史说着那些无聊的笑话并自得其乐时，我就会想，在我精神状态开始好转的时候，他正好几乎同时出现，所以我会喜欢上他多半是拜良好的治疗效果所赐。但不知从什么时候开始，我不在乎了。

这就和去掉前提条件、连词、修辞后可以得到一个漂亮精练的句子是一个道理。

我喜欢浩史。

远处是广阔无边的村山盆地[①]，眼前是这双红色的运动鞋。浩史说着“果然该来这里看看市政府是什么样子”，跑下了山。

留在山上的我感慨万千，这种感觉和高三的某一天荡秋千时的感触类似。但我也知道，当时那种突如其来的令人愁肠百结、无可奈何的孤独感，和我现在感觉到的东西不尽相同。

那时，茜的死紧紧地追赶着我，但今天不是，今天是我自己想离开茜，只是这两种感觉带来的痛苦是一样的。

当然，这不能称为孤独，但它是种与孤独类似的东西——虽然我没有办法更精确地表达。

我失去了另一个自己，那个我存在于一面叫茜的镜子中。我用自己的方式拼命地与那种失去对峙。我想过，我的痛苦是不是来源于此？其实不是，我真正的痛苦，是失去了本该一直

①山形县最大的盆地，位于山形县东部。

在茜照的镜子里的那个真正的自我。失去一个人，或许就是这种感觉。

浩史大汗淋漓地回来了。

他结实有力的手里握着两杯咖啡。

他把其中一杯递给我。“刚才你说的话……”

“嗯？”

“让我大吃一惊。”

“是吗？”

“因为里边提到了萨米酱。”

“哈哈，不过总比巴黎宾治强吧？”

天童的街道开始被夕阳渲染，红色染遍了平原的每一个角落。眺望着平原的我深有感触：红色，是最寂寞的色彩。

“浩史。”

“怎么了？”

“有件事拜托你。”

“嗯。”

“茜……”

“……”

“可以一起接受茜吗？”

“……”

“和我一起。”

“……”

“我明白这种要求甚至都不该提出来，但我能拜托的人只有你。如果你能原谅的话，可以在接受我的同时也接受我的双胞胎妹妹茜吗？”

山形县傍晚的天空安静澄明，没有一丝声响。

“好啊。”浩史的回答响彻天空。听到那声响亮的回答时，眼前宽敞的街道扭曲了。路灯开始星星点点地亮了起来，在泪水的模糊中，它们看上去都扭曲了。

“真的吗？”

“一言为定。”

“真的吗？”

“嗯，我发誓。”浩史的眼中满是温柔。

从今以后，我要毫不隐瞒地对这个人说出一切。我要告诉他，我和茜曾经多么亲密，而那是一种多么美妙的体验。毫无保留、极尽坦诚地告诉他，甚至包括跟茜相拥而睡的几千个夜晚。我要告诉他，我和茜从出生起就受到彼此强烈的影响，而这将会伴随我此后的人生。

“就这里吧！”浩史说，“这里挺好的。”

“会不会有点寂寞？”

“嗯，有一点点。”

“但也有温暖。”

“是的，温暖。”浩史说着，微微笑了起来。

看着他的侧脸，一种令人无所适从的寂寞感突然复苏了。在今后的人生里，我也会不时面对并忍受这种失去了一半自己的感觉吧！这是孤独，或类似的东西。

“天气晴朗。”片刻沉默后，浩史说道。

“天空也广阔。”我回答。

“离带广市也近。”

“就这里吧。”

话音刚落，浩史又吊儿郎当地“嘿嘿”笑了起来。

本该拼命封锁起来的感情，在听到浩史笑声的一瞬间渐次流淌了出来。

“而且还有洋梨。”我出其不意地说道。

“没错，还有佐藤锦樱桃。”浩史笑了。

“还有……”后边我也不知该接什么了。我咬紧嘴唇，忍着眼泪。我不想让接受了我和茜的浩史看到眼泪。如果可以，我只想让他看到笑容，哪怕是浅浅的一笑。我想着这些，拼命忍着眼泪。

“还有呢？”浩史搂着我的肩膀，温柔地问道。指尖传来温暖，我确信自己真切地感受到了它的存在。

“还有……”

“嗯？”

“浩史喜欢的……”

我能感到浩史的手稍微用了点力。远处的街灯散发出温暖的光亮，我用最后的力气说道：“这里，还有浩史喜欢的成人影碟店……”

共鸣

1

读一本书，知识就会多出一本的分量。

喝一杯啤酒，酒量就会增长一杯那么多。

曾经有段日子，我是那样想的。

那种想法类似用火柴棒堆小塔，多一根火柴，塔就会高一点。永无止境的累积，最终就会形成一个人的人格。

真是单纯、乐观、朝气蓬勃的想法啊！

那时的我只有二十岁左右。二十多年前，像我一样抱着那种想法生活的年轻人不在少数。

来自四面八方的我们聚集在地下室一般暗无天日的爵士乐酒吧或摇滚咖啡馆，整日整夜读书，听音乐，抽烟，在肺里堆起一座座烟焦油和尼古丁之塔。就连肺泡上的烟焦油，我们都深信它也是某种形式的累积。

也有人把那种感觉称为“回响”，他们认为，人的行为一定会在某个时候以某种形式得到回响。不知怎么，有一种陈腐、封建的宗教感，但得到回响总比得不到的想法更自然，至少也更积极点，所以我虽对此持消极态度，但勉勉强强还是接受了。

不管好坏，自己做过的事总会在什么时候以某种形式施加在自己身上。就算是漫无目的地往空中乱扔火柴棒，最后也一定会形成某种形状的东西。

隔着窗户，隐约可以看到雨中雾蒙蒙的大海的那一边，零星分布着几座小岛。其中一座的名字像被吞没在黑暗中的烛焰一般，微弱又唐突地在我心里闪烁。

鹈渡根岛。

没错，就是那座岛，漂浮在利岛和新岛之间，甚至都不在伊豆七岛[1]之列，被人遗忘在海上的一座小岛。

我要在这家濒临太平洋的海边旅馆窝一周。工作效率并没有像来这里之前期望的那样变高。因工作迟迟没有进展而心生

---

①伊豆群岛中的大岛、利岛、新岛、神津岛、三宅岛、御藏岛、八丈岛这七座岛屿被称为“伊豆七岛”。

厌倦、跟自己赌气的间歇，一抬头就能看见一望无际的大海。当然，晴好的天气也是有的，海平线上的一排岛屿清晰可见。但是，鹈渡根岛的名字，此前却从未想起过。

我走到阳台，坐到躺椅上开始吸烟。海上吹来的风温柔地包裹着潮水的香气，沁人心脾，就着香烟的味道，我猛吸一口。记忆就像从雾中浮起的鹈渡根岛，全是些模糊的片段。但是，也有一些片段就像投掷到河水里的诱饵，近在眼前，恰如其分地着上了鲜明的色彩。一段记忆仿佛是被诱饵吸引上钩的鱼儿，携着为数不多的残像，从记忆的河底浮了上来。虽然成不了一幅画，但这些颜料已经开始在手中跃动了，我有那种感觉。

我曾和另外五个人一起来过伊豆。那是二十多年前，大学的读书会成员商量着一起去伊豆的民宿集训。其实我并不是那个读书会的成员，只是在新宿的一家爵士乐酒吧认识了读书会的负责人，他说不用非得参加读书会，就当是去洗海水浴了。那时我刚从札幌到东京上大学，马上要迎来在东京度过的第一个夏天。我对读书会和海水浴都没什么兴趣，不过当时刚好考上驾照，想开开长途，于是租了一辆汽车，决定加入他们。

我和邀请我的平尾真一及其女朋友石井礼子比较熟，因为我们经常在新宿的爵士乐酒吧里碰面，但和其他人不太熟。同行的除了我们三个人，还有一个瘦弱的短发女孩，和两个一看就知道是学生的不起眼的男孩。我开一辆从西新宿租车行租来的车，平尾开一辆，一起从东京出发了。

坐在我车里的两个男孩像是害怕出事故似的，齐齐坐在后座上。这样也好，能让我集中注意力专心开车。两个人就像参禅打坐一样直挺挺地坐着，基本一语不发，加上没有播放广播和音乐，车里鸦雀无声。对于拿到驾照后第一次上路、只能专注于驾驶的我来说，他们未尝不是好伙伴。只是他俩的身高是个问题，每次从后视镜观察后方，他们中一个人的脑袋一定会挡住我的视线。后来两个人像是意识到了似的，和我视线相遇时，就会像发现敌人的越南共产党一样忽地低下头，这种举动反而让气氛更紧张了。

我的车紧紧跟在平尾车后，最后终于驶上伊豆盘山公路。我们在服务区停下，第三次休息，大家开始吃迟来的午饭。还没习惯驾驶的我有些兴奋，完全没有食欲，在休息区外吸着烟，漫无目的地踱步，思绪中有不相信自己能开车的焦虑，也有对自己开车这件事的恐惧。路况不熟，对车的感觉还把握不住，迎面会车时身体就会僵硬，在这种情况下丝毫没有心情吃饭也不足为奇。

就在这时，一个意想不到的东西突然闯进我的视线。

是个小纸箱，定睛一看它居然还在动。我走近了些，只听从里边传出了小动物的唧唧声。一开始我以为是小鸟在这里筑了巢，但纸箱四周都没有孔，打开箱子一看，毛毯里裹着一条白色的小狗，正发出响亮的唧唧声。小狗应该刚出生不久，只有半个手掌大小，眼睛还睁不开。即便如此，它还是不停地发出让人心疼的唧唧声，拼命想找妈妈喝奶。

我跑到自助售货机那里买了牛奶回来，用小指蘸了点递到小狗面前。小狗以一种几乎让我吃惊的力量吮吸着，于是我重复着这个动作喂它。小狗似乎将它对生命的渴望通过我的指尖传递了过来，让人感到心情愉悦、充满力量。

在他们几个人吃完饭回来前，我把装着小狗的箱子抱起来，偷偷藏到了副驾驶席下方。小时候从外边捡回小猫小狗被父母责怪过，所以我本能地觉得捡小狗是件不好的事。

汽车再次开动，后座上的两个人聊起天来。大概他们已经习惯了坐我开的车，而我也多多少少对车熟悉了一点。他们打开了话匣子就停不下来了，一个劲儿地聊着。从他们的对话中，我了解到其中一个人姓高地，另一个人姓高井。说“了解到”可能不妥，因为刚见面时平尾就介绍过，说“再次确认”要更恰当一些。

我隐隐约约地听说过“读书会”，但仔细一想，那到底是个什么样的社团、又是出于什么目的要集训，这些我都一无所知。他们天天读的是《圣经》吗？是《资本论》，还是《局外人》？抑或是准备以平尾为首创立一个什么新兴宗教？管他呢！他们做什么对我来说都没有太大差别。而且，不管是姓氏极易混淆的高井、高地，还是总在新宿喝酒的平尾、石井，我都不觉得他们能做出什么惊天动地的大事。

汽车沿着伊豆的海岸线一路疾驰，从后座两个人的对话中，我大概知道了他们在做什么。读书会是一个少女漫画研究会，那个短发女孩似乎已经以宫泽坎纳的笔名成功出道。石井礼子基本上全权负责漫画原作、名称的构思和作品的后期推广，平尾负责人才挖掘和漫画制作，至今他已成功将许多学生包装成专业人才送到了出版社。后座的两个男孩一直在认真讨论能否得到石井的推荐，怎样才能得到她的认可，似乎也立志成为漫画家。

我终于开始明白，为什么明明是同一所大学的学生，石井和平尾却能成为大家默认的强有力的领导者。

他们的对话时断时续地传到耳朵里。下了伊豆盘山公路开到国道上后，我就开始忙于确认前后左右的路况，每当有人骑着自行车经过，我都要注意保持一米以上的距离，很是辛苦。那种时候很容易跟丢平尾的车，刚走没一会儿遇到紧急状况就会停下来，走走停停。我还总是忍不住留意左脚边的小狗。小家伙在服务区喝完奶后一定是睡着了，上车后一声都没叫，只是箱子偶尔会发出窸窸窣窣的声响，就像静默却真实存在的红绿灯一样发出还活着的信号。

在可以将太平洋一览无余的观景台，我们下了车。

正是天气晴好的初夏时节。

海上的小岛就像壁龛上整齐摆放着的装饰品。

"那就是鹈渡根岛。"平尾指着其中一座小岛旁若无人地说道，那坦荡的模样让我想起共产主义阵营的领导人。在他旁边，穿着在学生中少见的淡紫色针织裙的礼子优雅地笑着，海风吹起她的头发，美丽的额头若隐若现。

连利岛和新岛都不知道的我，首先知道的竟是这里的鹈渡根岛。

"那是座没什么名气的小岛，游客和洗海水浴的人都不会去，只有为数不多的人在那里无所事事地悠闲度日。简直就是人间乐土啊！"

大家一言不发地倾听着。平尾最先指出的并不是利岛或新岛，而是鹈渡根岛，并断定那里是乐土，他的领袖魅力可见一斑，但同时也能看出他的想法的片面性。

听到平尾的话，礼子微微一笑，表情无可挑剔。她注视着远方的大海，眼睛被晒得几乎睁不开，遮着刺眼阳光的手白皙美丽。

但我并非只顾着听平尾的话、看礼子的美丽模样，说实话，我在想该怎么把停在停车场的车开回去，还要多久才能顺利开回国道上。一想到那些，心里就七上八下的。

2

说是读书会的集训，其实也没什么特别的活动，不过是白天游泳，晚上喝酒，热热闹闹地玩耍，跟平常到海边玩的人没什么区别。我们住的是一家陡立在海边悬崖上的大型民宿。悬崖面向大海，走下去就是遍布岩石、没什么人的私人海滩。食宿都还可以，海上也没什么人，民宿的其他客人也到车程五分钟的海滨沙滩游泳去了。这里让人心情舒畅，只不过沿连接民宿和大海的坡道上上下下很费体力。

高井、高地和我一起住，平尾和两个女孩住另一个房间。

我从车上搬下装着小狗的箱子，放到房间里，和同屋的两个男孩打了招呼。他们看到老鼠一般大的小狗后并没有什么特别反应，或者可以说根本无动于衷。

“它叫什么？”其中一个问道。

“阿吉。”想起小狗唧唧的叫声，我随口说了个名字。

“小阿吉啊。”其中一个略带失望地说道。

直到最后，两个人都没有问一句“这只小狗怎么了？”这种一开始就该提出的问题，我感到极其不可思议。好不容易盗垒了，捕手却嫌太麻烦而放空了二垒，我的心情就像业余棒球比赛中的盗垒王一样。

第一天小狗是在房间里睡的，第二天它拉肚子弄得房间很臭，我就把它放到了窗外。从海上回到民宿后，我打开箱子。小狗依旧唧唧地叫着，拼命摇着小尾巴急着要奶喝，我就用小指蘸了些牛奶喂它。吃过晚饭后，我一个人回到房间，重复着喂奶的动作。那时其他成员在做什么我并不知道，或许在开读书会和学习会吧。我只顾给小狗喂牛奶，耳朵里只能听到像是带着醉意的娇笑声。

第三天早上。

醒来后我就向纸箱走去，心中忐忑不安，因为熟悉的唧唧声没有了。打开箱子，只见小狗有气无力地卧在箱子里，我把手伸到它的嘴边探了探，发现气息已经很微弱了。于是我没有去洗海水浴，留在房间里照看小狗。

下午两点左右，房门突然被人打开了。

回头只见石井礼子站在那里。

“怎么了？”

“好像不太舒服。”

“你吗？”

“不，是捡来的小狗。”

“是阿吉吧，听高井说过。”

“不知怎么，它突然没力气了。”

“可能因为太小吧，而且还不在妈妈身边。”礼子说着来到箱子边蹲了下来。那一瞬间，翻卷的短裙和白皙得几乎令人眩晕的双脚突然闯入我的视线。

“你没去游泳吗？”

“有点累就没去。”礼子低声说道，似在自言自语，“你很善良。”她静静地抚摸着小狗的脑袋，没有抬头看我。

接下来是一段短暂的沉默。海浪此起彼伏，空中时而传来海鸟尖利的鸣叫声，除此以外别无其他。明亮的房间静谧无声，礼子、我和小狗都没有任何声响。

但那不是尴尬的沉默，而是充满自由和闲适的平静。

不久，摸着小狗脑袋的礼子双肩微微颤抖，泪水无声地流了下来。“小家伙快不行了。”

“是吗？”

“嗯，它肯定会死的。”

“该怎么做才好？”

“已经什么都做不了了。”

“要送到医院吗？”

“那也不行。人养不活它。就让它这样睡去吧。”说着礼子用衣袖擦了好几次泪，“它还这么小，眼睛还没有睁开过。”

那之后的一个多小时，我和礼子再次陷入沉默。她几乎都没有变换姿势，就那么一直摸着小狗的脑袋。我盘腿坐在榻榻米上，看着眼前的一幕，只能任由烟草的气息在身体里游走。

3

那天夜里，我第一次受邀参加集体讨论，因为平尾说了“难得一起集训，你至少也该参加一次”。比起参加讨论，我更在意小狗，但我获得大家同意把小狗带到这里一起住了三天，如果一次讨论也不参加，确实有点说不过去。

会上，我听到了称不上辩论、最多算是在小酒馆聊天那种形式的关于得到回响与否的讨论。人类的行为不管是善是恶，最终都会以某种形式得到回响——这是石井礼子一贯的观点；与此相对，人类社会是建立在不公平之上的，洞悉其中的规则后顺应形势，才是人尽其才的不二法门——这是平尾的主张，他认为比起努力，应该更注重效率。

先不说平尾的主张有没有普遍意义，仅就漫画这一特殊领域来说，我觉得他说得很对。如果不分普遍性和特殊性而乱说一通，那么这场讨论注定不会有结果。不过说实话，这些对我来说都无所谓。可是，从礼子口中三番五次说出来的话，我却一点也没觉得不协调。一切行为都会带来某种结果，在某一天得到回响——这种想法也并非不能理解，毋宁说“得到回响”这样的话从礼子口中说出来简直再合适不过了。

高井和高地并排而坐，直挺挺地认真听着。宫泽坎纳突然盘腿坐下，大口喝起啤酒，听到自己感兴趣的地方会适时插一句，除此以外就像难以取悦的小猫一般，对大部分事情都漠不关心。

“你有什么想法？”平尾问我。

“呃……我从来没想过要做漫画家。”我支支吾吾地回答。说实话，我一点都不喜欢这种学生气的论战，对这种暗藏在成员之间的上下级关系更是厌恶。还是在海边放烟火更有意思啊！

“先不说漫画的事，从普遍意义上而言呢？”平尾穷追不舍。

“我和你们不同，我是个无所求的人。”我答道。

“无所求？”

“对，应该说是没有目标。我每天读读书喝喝酒就心满意足了，还有就是吸烟。”

“真的无所求？”

“如果硬说有的话也行，就像用火柴棒可以堆成一座塔那样，我只是在现有的基础上一杯酒一杯酒、一本书一本书地漫无目的地往上累积着。倒不是为了成为什么人，也从没思考过有无回响和是否公平的问题，我只是觉得，只要一直往上堆火柴棒，一定会在某个时刻到达某个地方。”

平尾和礼子看上去一脸不满。看到他们的表情后，高井和高地浑身僵硬起来，只有坎纳像终于发现了感兴趣的东西的小猫一样，双眼闪闪发亮。但是，话题终究没有持续下去，因为自始至终论点几乎就没有一致过。

接下来是关于漫画和作家的讨论，听起来也还有点意思。让平尾觉得扫兴的是，高井和高地对漫画家和作品的熟知程度几近病态，实在令人惊讶。他们凭着记忆，把几乎所有漫画每格的背景和台词都叙述了出来。但坎纳对此根本不在乎，一个劲儿地打哈欠。

冗长的讨论终于在晚上十一点左右结束了。平尾说有好东西给我们看，让我们等会儿。他自己回了房间，不一会儿便拿着一个大纸袋回来了。食堂里除了我们再没有别人，但平尾还是小心谨慎地环顾了一下四周，固执地确认了没有其他人后，才把纸袋放到了餐桌上。

“是一把手枪。”平尾说道，“我在服务区的一个垃圾箱里捡到的，可能是玩具枪或仿制枪，枪里有子弹。”

在同一个服务区里，有捡到小狗的人，也有捡到手枪的人。

随后平尾说的话远远超出了我的想象。

“我们用它玩俄罗斯轮盘吧。”

虽然枪里不会装子弹，但还是足够扣人心弦。比起没有结论的讨论，这个游戏显然更有意思。每个人的眼里都闪烁着光芒。

我们走下悬崖，向着被吞没在黑暗里的海岸线走去。天空被厚厚的云朵遮蔽起来，看不见星星和月亮。按照平尾的指示，我们在一块不会被海浪淹没的石头上围成一圈坐了下来，最中间摆着蜡烛。夜里的大海昏暗无比，藏着愤怒般低声嘶吼翻腾。

抽签。

签上简单地写着从 1 到 6 的数字。1 是坎纳，2 是高井，3 是平尾，4 是高地，5 是我，礼子抽中的 6 是最后一个。平尾简单介绍了一下游戏规则，只要按下击锤，把枪口抵在太阳穴上，扣动扳机即可。平尾转了好几次左轮手枪的弹仓给大家看，以此表明里边并没装子弹。

坎纳把枪口抵在太阳穴上，莫名其妙地大笑起来，笑着笑着毫不犹豫地扣动了扳机。枪响的一瞬间，她吓得猛一哆嗦，闭上了眼睛。干涩的咔嚓声刺破黑暗，震耳欲聋。

紧接着是高井，然后是平尾。他夸张地用枪抵着太阳穴，慢慢扣动了扳机。我看到他的手指在颤抖。

咔嚓一声响起的同时，平尾“呼”地长出一口气。

高地之后，轮到了我。

从高地手里接过的左轮手枪沉甸甸的，一种有人将命丧这把枪下的不祥之感让我后背发凉。我把枪口抵到太阳穴上，手突然不由自主地颤抖起来。明知不会有子弹从枪里射出，但是周围依旧弥漫着一股死亡的气息。难道是铁的质感和微弱的气味让人联想到了死亡？

我缓缓地开了枪，继而产生一种错觉，围坐着的其他五人似乎全都做起了慢动作，他们身后，暗黑的海水卷起层层飞沫。我知道这并非死后的国度，但也不是和死亡没有半点关系。手中沉重的手枪将恐惧彻底唤醒。烛焰摇曳闪烁，海风吹过，摇曳得更厉害了。

无意中，我看到了礼子的眼睛。

礼子的眼中除了胆怯之色，还有闪烁的烛光。

扳机被扣动了。

咔嚓——

一瞬间，天昏地暗，意识越来越远，感觉很奇怪。紧张之下，我咽了口唾沫。但是，即便一了百了也不过如此。

礼子把枪抵在太阳穴上，一动不动。

蜡烛微光映照下的礼子脸色苍白、面无表情，但竟有种性感之美。她眼里似乎有泪水，在烛光中妖艳地闪烁着。

手开始发抖。

我近乎沉溺地注视着礼子的眼睛。她的眼睛没有在看我，没有在看平尾，没有在看任何人，宛如镶嵌在玩偶脸上的玻璃珠。只是当我意识到那对玻璃珠在看什么的时候，顿觉脊背发凉。或许扣动扳机就能看到吧。准确来说，我并不知道那是什么，只知道那双眼睛在看的东西并不属于这个世界。

虽然说不清原因，但我确实感受到了有生以来从未有过的恐惧。

枪里是不是有子弹？或许平尾是想假借游戏之名，谋杀与他日渐疏远的礼子？

那种想法在我心中一闪而过。

“开枪！”耳边传来平尾大声的命令。

“不！”我在心中呐喊。

礼子用枪抵住太阳穴，像冻僵了似的一动不动。

“开枪！”平尾再次喊道。

那一瞬间，礼子紧闭双眼，缩起脖子，用颤抖的手指扣动了扳机。

4

鹈渡根岛——简单的一个名词，却让我想起了这么多事。

记忆早已模糊不清，可是，二十多年前那把沉甸甸的手枪的真实触感却依然清晰如昨，让我十分困惑。

小狗在第二天早上死了。

我在民宿后院找了个木箱，把小狗放进去，让它漂向大海。

我把牛奶盒放在小狗旁边。“只要不漂到鹈渡根岛就好。”

平尾说的那座什么都没有的安静的小岛有什么好？他说那座岛是乐园，但从那座岛上看过来，我们站立的地方无疑才是真正的乐园。

所谓乐园，一定是这里。

我望着酒店窗外绵延的几座小岛，心想：无论在什么情况下，我都不想做那种一上来就指着鹈渡根岛说好的人。我实在不明白那次旅行到底有什么意义，只是对指着鹈渡根岛的平尾的愤怒，像堆火柴棒一样累积了起来。但那又有什么意义，说实话我也不知道。

此刻的我，想了很多。

那四天对那只小狗来说究竟是什么？被我捡回来仅仅多活了四天，这对小狗来说又意味着什么？

还有一件事，我永远忘不了。

我们玩俄罗斯轮盘游戏那晚发生的事。

房间里，高井和高地大声打着呼噜。听到有动静，我睁开了眼睛。有人钻进了我的被窝，把手伸到我的内裤里，悄悄摩挲着。我小心翼翼地探手向前，摸到了柔顺的长发。快感在体内每一个角落奔走，喷薄欲出。我忍耐着，假装没醒。

我翻了个身，把脸朝向那个女孩，她马上转过身，背对着我，手却没有停下来，依旧灵巧地反手摩挲着。接着，她把裤子褪到膝盖处，用脚蹬着脱下，然后慢慢将我坚硬的下体贴向她的隐秘处。她把身体屈成“く”形，翘起臀部。我别无他法，只得任由她“摆布”。她右手握着我的下体，左手放在自己的隐秘处，将臀部靠向我，接着我被一种和自己的皮肤触感完全不同的东西包裹住了，然后就是畅通无阻的进进出出。

她轻声的呻吟伴随着腰部的扭动，我也跟着无意识地动了起来，接下来便是又一次的呻吟。她的隐秘处变得湿润。柔软、温暖到几乎令我吃惊。紧接着，腰部扭动的速度开始加快。我把手伸进她的睡衣，双手握住她的乳房。她的声音高了起来，身体开始激烈地痉挛。就在这时候，我射精了。快感就像运动场上的一道白线，从我的下体蹿过脊柱，最后直达头顶。

一切结束后，她穿上睡裤，悄悄走出房间，没有让我看到她的模样。

我知道是礼子。

从她头发的长度、体型和微弱的呻吟声便可以判断。

但我无法断定，因为我对她的了解仅此而已。被窝里只剩下我一个人，我拼命回味着刚才发生在自己身上的事情，不过自然回味不出什么东西，只是下体仍有真实的触感，证明这一切并不是梦境。

我分明射精了，但被窝里残留着女人的温热气息，所以找不到精液的踪迹。

礼子扣动扳机时面无表情的模样浮现在我眼前。

她并不害怕死亡，反倒像是陶醉其中，面无表情或许只是在掩饰她心底涌起的不可名状的快感。

可是她为什么要偷偷潜入我的房间，用那种方式和我做那件事呢？我怎么都想不明白。而且为什么不是和同屋的高井、高地，而一定是我呢？难道是和谁做那件事都行，但正好钻进了我的被窝？就像玩俄罗斯轮盘游戏一样，刚好到了我这里？

我不知道那四天对小狗来说意味着什么，也不知道那四天对我来说意味着什么。如果真的像礼子说的，人做过的事最终会以某种形式得到回响，那天晚上的事会给她带来怎样的回响？对于我来说，是不是又累积了一根火柴棒，而那座塔是不是到现在仍在有条不紊地继续增高？

从伊豆回来的路上，所有人都一言不发。

我一看到平尾道貌岸然的那张脸，就想到他在海滩上大喊“快开枪”的那一幕，顿觉一阵恶心。高井和高地两个人很善良，他们一直陪我目送小狗漂流到大海看不见的地方。在回去的路上，我才发现平尾、礼子和坎纳三人的关系有些微妙，但未去多想。

到了现在我才明白。

但是那个时候无法肯定。急于得出一个结论，就会觉得拥有的一切都是对自己有用的，哪怕只是错觉。比起考虑有无回响、是否公平，更多情况下，我们虽然早就意识到自己体内蕴藏着不可救药的残忍，却总是想方设法回避这个事实。

仅仅为了确认会不会有回响、火柴棒会不会有条不紊地持续累积，就花了我们二十年时光，可当时我们对此一无所知。不过当时即便知道这一点，大概也无法认可。

总之，现在的我，终于明白了许多。

比如，当时的成员中，高井和高地后来成了漫画家；平尾去了出版社工作，却没有做编辑，工作一换再换，也不知道现在在哪里；坎纳早就不做漫画家了，在阿佐谷经营着一家爵士乐酒吧。我漫无目的地上完学后，先是去了一家公司上班，现在靠写文章过活。开车时已经不必频频确认周围路况，变道也更加得心应手。或许那就是自己努力累积起来的火柴棒带来的变化吧。

不清楚的，是石井礼子的现状。

她做的一切，最后有没有得到回响呢？

因为从伊豆回来四天后，她自杀了。用的是她父亲的猎枪，枪口顶在嘴里，脚趾扣动扳机。

我脑海里浮现出被黑暗笼罩的海滩岩石上，礼子如同玻璃珠般的明眸，还有她纤细的手指灵活地反手引导我时的触感。

礼子从伊豆回来后到自杀前的四天里，或许某个地方微弱的吱吱声一直持续不停。

应该有人能听见那声音吧？

漂浮在海平线上的鹈渡根岛快要沉入黑暗了，我坐到窗边，等待它完全埋没在黑暗中。

灵魂之笼

1

我被困在了灵魂之笼里。

从意识到被困住至今已差不多一年了，这种感觉和不知不觉就进入了让人浑身不清爽的梅雨季一样。关键节点什么的根本没有印象，当反应过来时，已经完全落入了笼中。那种感觉正像是经历了多日阴雨连绵，才忽觉已经进入了梅雨季。

“及川！”

远方传来呼喊我的声音。

声音好不容易才挤进这个让我无法动弹的笼子。

“及川！”

“美绪！”

但我不会给他们打开笼门，因为我连笼门在哪里都不知道，甚至不确定究竟有没有。试图打开笼门，只会像寻找根本不存在的梅雨之门一样徒劳无功。

灵魂之笼。

或者可以称之为此的东西。

把所有想法都封锁在其中的笼子。

一开始确实是这样，我会把所有想法都扔到这个笼子里。悲伤、痛苦、叹息，在我身体里横冲直撞失去控制的暴戾的冲动，突如其来的恸哭、孤寂和虚无感，我把由内而外升腾起的情感和想法一个劲儿地往笼子里扔。小学时就接受过类似的训练，所以这对我来说并不算什么难事。

那种感觉就像往洗衣篮里扔脏衣服一样，我早已驾轻就熟。

单薄衬衣般的感情，廉价长筒袜般的想法，从开襟毛衣到连衣裙，我把目之所及的一切东西通通往里扔，然后出门去上班。我会到街上搭乘电车，与人见面，做完必须做的事。就这样，我边和人吃饭边谈工作，但没有一个人意识到，坐在他们对面的人已经把自己的灵魂扔在家中一角的笼子里，既没有感情也没有想法，就像无生命的木偶一样，只有嘴唇一张一合似在说话而已。

但我并不觉得有什么问题，一般的人情世故我都能应付自如，甚至去外地拍照采访也不在话下。不，应该说更得心应手才对。每当那种时候，我的脑海中总会浮现这样的想法：可能这个世界对于木偶来说更易生存。

如果真是那样就好了。

像用铁锹铲煤一样，我持续不断地把情感和想法扔进了笼子，不由自主地在变成木偶的路上越走越快。

然后在某一天，我的手突然停了下来。

因为已经再没有可以往笼子里扔的东西了。

遍寻不获。

我感觉自己就像被切断了所有牵线、骤然停下的木偶。一种寂寥感袭来，仿佛一个人站在荒凉的沙漠中，举目四望，发现已被地平线彻底包围。

我躺在公寓的地板上瘫软到爬不起来，本该空空如也的心里，却有一种情感久久萦绕。

那就是——孤独。

那种情感就像被扔到空油桶中的小石子一样，刺耳的金属声响彻不已。那个时候，再没有别的任何情感可以像糯米纸一样包裹起我的孤独。

瘫在地上的我，怎么也无法动弹。

空落落的心中，只有孤独在回响。

我能做的事只有一件，那就是把这副空荡荡的躯壳塞进笼子里。如果不这么做会怎么样呢？我像金鱼一样嘴巴一张一合，想着这个问题。如果我把自己从现实世界抽离出来，放到笼子里，会怎么样呢？

或许我已经开始这样做了。

正如不知不觉就进入梅雨季一样，在我第一次将情感扔进笼子里时，我的梅雨季就已经开始了。

我用尽最后一丝气力，在地上滚了一圈，把自己扔进笼子，结果就是，我陷入了灵魂之笼。

但是，没想到那竟是一个安乐的地方。每次感觉到自己和世界之间有某种栅栏存在时，我就会非常安心。在那里不需要大叫不需要哭闹，也不会有面对恐惧时的痛苦；不用思考不用感知也不用动弹，只需要像永久冻土似的过着每一天就可以了。

从开始把情感投进笼子里算起，我已经陷入这种状态将近一年了。最终灵魂之笼无声无息地把我整个人都抓了进去。这就像个设计精妙的陷阱，一旦开始把什么东西投进里边，最后就必须全盘投入。

躺在笼子里的我，只是一味昏睡。

一种精神上的缓慢自杀式的昏睡。

抑或是，永久冻土般的昏睡。

“及——川！”隐约听到远处有人在喊我。

那声音仿佛响彻在淹没一切的浓雾中。

听到那个声音后，我才认识到，构成我的所有碎片中，有一片名叫“及川”。所谓的感情和感性似乎像冻土层一样无规则地互相重叠，一切都干燥得沙沙作响。

“及川——美绪——”这次是个女人的声音。

我在漫无边际的浓雾中徘徊，心想，从把自己扔到那个笼子里算起，这种状态持续多长时间了？

“及川——”

不管被喊多少次，我都睁不开眼睛。

眼睑这层皮也是笼子的一部分，我紧紧地闭着，或许就能保护好自己。

至少再给我一点时间，我默默地许着愿。

请让我在笼子里再多待一会儿。

因为我还没有看见笼门在哪里。

就像谁也看不见梅雨季的门在哪里一样。

我是被母亲一个人抚养长大的。

我并不清楚为什么我只有母亲凉子而没有父亲，也不知道我们的生活费从何而来。自从记事起就只有我们两个人相依为命，对于那时还是孩子的我来说，很难下定决心询问母亲一切是怎么回事。

生活算不上富裕，但也还可以。上了小学的我有崭新的红色双肩包，客厅的一角也备有我学习用的小桌子。离旭川市中心不远有一栋双层木制公寓，我和母亲就住在公寓一楼的一间屋子里。母亲每天早上很早就去上班，总在深夜天空开始泛白的时候才回家，但不管回来得多晚，早上都一定会去上班，连周末也是如此。

“要去上班了呢。”母亲总是一脸疲倦地看着我，低声自言自语，眼神里充满了悲伤。还不到四十岁的母亲，一刹那面容却像一个七十岁的老妪。每当那时，上小学的我心中就有股说不清道不明的憋闷，眼泪马上就要流下来。看到这样的我，母亲总是会不停地对我说：“对不起啊美绪，妈妈对不起你。”

在连大地都会冻结的旭川，我一个人度过了多少冬夜？屋里的墙上挂有温度计，在气温突破极值低至零下二十度的寒夜，我仍旧是一个人。即便到了零下二十五度、零下三十度，也没什么不同，我感觉不到丝毫寒冷，只是祈求母亲能够穿越这样的寒夜平安归来。虽然已经习惯了一个人睡，但还是会有那种无比压抑、忐忑不安的时刻。那样的夜里，每当听到公寓附近有车驶过，我就会爬出被窝，站在玄关处等着门被打开。小学三年级生日那天的夜里，实在不堪忍受那种挥之不去的孤独，我终于打开了玄关的门，那是母亲明令禁止我做的事情之一。

一打开门，让人眩晕的黑暗便铺天盖地而来，那黑暗连一丝空隙都不肯留，极其浓重；又像是要将人碾碎一样，让人倍感压力。万籁俱寂，整个世界似乎都被黑暗所吞噬，我只觉得毛骨悚然。冷气刺鼻，鼻腔内的水分会在瞬间冻结。我害怕极了，打开了公寓入口处的灯。红褐色的灯发出依稀可见的微弱光亮，穿透周围的浓雾，照亮脚下的积雪。

等了好久，都不见母亲回来。心中不安的我应该是哭了，但或许是眼皮被冻住了，眼泪并没有流出来。不一会儿，我留意到被灯光照射的一片浓雾中，有光的颗粒在静静地跳动。看上去像雾，其实并不是，而是空气冷凝时形成的白色浑浊物。浮游在空中的冰珠颗粒，在灯光的照射下熠熠生辉。

我就像受到了光粒的吸引，来到户外，眼前广阔的景象有着意想不到的美感，令驻足的我叹为观止。

整个世界都好像被施了魔法。

在气温低于零下二十度的户外，无数光粒冻结成钻石碎片点缀其中，将我包围。

我想到了善良的母亲。

虽然对我管教严格，但待人亲切、受人尊敬、为了抚养我而不分昼夜工作的母亲。

胸中突然苦闷起来。

暴露在快要将人的呼吸都冻结的寒气中，我心中五味杂陈。

对了，我能为母亲做点什么呢？我想让她高兴，给她温暖。但一直以来我都是在获取，从没有给予过。那么我至少可以让母亲看看这美丽的光粒，她看到后会不会开心呢？母亲一定在急匆匆地往家赶，没有时间停下来欣赏周围美丽的光粒吧。

我在公寓的玄关处坐下，继续等着母亲，想着她一路穿过朦胧的空气、劈斩开光粒、赶回我身边的身影……

2

奇怪的或许不是这个世界，而是我们自己。

是从什么时候起，我开始被这种简单琐碎却挥之不去的疑问囿住了呢？可能错的不是这个世界，而是我自己。石川老师是第一个让我有这种想法的人。

也是石川让我有了“灵魂之笼”这个于我来说甚至无从想象的概念。在人越来越少的小学大教室的一角，我像在水面游来游去接受投食的金鱼一样，学到了这个词。

“你需要一个笼子，把恐惧、不安，还有你所有的负面情绪都关到里边。”

夕阳透过紧紧围住教室窗户的防寒塑料布照射进来，在脚边形成光影。为了不引起石川的注意，我将脚尖伸到带木刺的地板上有阳光的地方，伸开来又缩回去，故意装作漫不经心的模样，似在听着无聊至极的东西。

石川总是穿着白色的衣服，磨得发亮的眼镜泛着冷峻的光，除此以外我对他的记忆一概全无。

白衣、眼镜、灵魂之笼。

在有阳光的地方进进出出的脚尖。

空荡荡的教室。

明明是个大男人，却在还是小女孩的我面前瞬间落泪的小学老师。我绞尽脑汁想来想去，能回忆起来的只有这些。

用木棒狠敲黑板擦时升腾而起的白烟和它的气味，我还清楚地记得；随后才被配发到班里的黑板擦洁净器，我也记得它的形状、大小、颜色，以及它最多能吸入多少粉尘，再多就会失去作用，甚至连像是被切出来的进粉口的形状，我都记得。可是我唯独不记得石川。不记得他的发型、脸型，不记得这个从我小学五年级到毕业那一年多的时间里，每周都会找几天在放学后和我聊天的人。

但令我震惊的是，这三个月以来，关于石川的记忆竟断断续续地复苏了。那时，周围的所有大人大概都觉得我生病了。而现在，本已忘却的记忆排好队出现在无眠之夜的床垫上，大概因为现在的我也生病了。

错的不是这个世界，而是自己。

高中，大学，工作。

如今大多数日本年轻人走的都是这条道路，我也一样。对此我从未有过怀疑，也没有多想，只是觉得要走大家都走的正道，不能偏离。从某种意义上说，这类似电脑的虚拟进化游戏。只要具备了某种条件，画面里的我就能毫不费力地完成进化，如果在此基础上又获得了新的能力，那么进入下一阶段也指日可待。进入新场景时，虽然一开始会有些迷茫，但最终这个世界也会被同样的规律支配。金币藏在哪里，怎样才能得到蘑菇……莫不如是。

那算不算得上是成长，我不知道，但是每次进入人生下一阶段时脑袋里响起的祝福音乐，却是千真万确。

找出隐藏起来的金币，不留破绽地将蘑菇抢到手，就这样，我终于完全步入了社会。

就职的公司是东京的一家编辑事务所，堪称承接出版社外包编辑业务的事务所中最大的一家，业务范围涵盖从女性时尚杂志到各类出版物的设计、编辑和撰稿宣传，只要是与杂志相关的工作都照单全收。

我的工作内容很简单。

每周和摄影师去日本的一个地方旅行，将看到的情景写下来，最后在周刊杂志上以四页的篇幅彩印出来，呈现给读者。

那个专栏的名称是“这样美丽的日本”，是已经运营了十多年的王牌栏目。我一介新人被分到那个专栏，何其幸运。从二十二岁上班到二十九岁的现在，我的工作内容基本没有发生过太大改变。虽然也有成堆杂务和别人留下的烂摊子需要处理，一周一次的页面更新却从没有中断过。

要说有问题，只有一个，那就是我写的文章，署名却是别人，职业棒球运动员啦，大学教授啦，明星啦，各行各业的名人啦……是他们在向大家介绍美丽的日本。那些大忙人当然没有时间专程跑到边境悠闲地散步，所以才有我这样的人存在的必要。如果说我对社会做出了什么妥协，也不过就是这一件事。夹在社会和出版社之间，寻找着蘑菇和金币——总而言之，这就是我这七年一直在做的事。

能登半岛也好对马也好，知床也好男鹿半岛也好，只要告诉我具体要去哪里，就一切都好说，但意想不到的是，偶尔也会有让我自己定地方的时候，那时我就会有种被无理征用了的感觉。前辈们安慰我说：这证明多年相交的艺人经纪公司老板对你颇为信任啊。

真的是这样吗？我暗忖。

总之，有时是职业摔角手[①]，有时是当红女歌手，有时是名师，我会代替他们飞到全国各地，去探寻不为人知的美丽日本。

每天都像廉价发条一样滴溜溜地转着，我拼命让体内的发条不停地运转，终于得到了一些回应。人们读着、笑着、赞叹着，但绝不是因为发条的努力，而是因为盖在发条上的小铁皮

①职业摔角是一种表演性质的格斗比赛，有设计好的剧本和剧情，摔角手的打斗则是真假参半。职业摔角包括日摔、美摔和墨摔三大类别，相较于美国和墨西哥，日本的职业摔角更接近真实格斗。

玩具的模样。每次看到新出的周刊杂志，我心中就会闪过一丝空虚。本属于我的感受和情思，却被改头换面包装成了别人的东西。

他们并没有去过那些城镇。

他们并没有看过那些风景。

其实我是能接受的，因为拿到蘑菇和金币生存下去的代价，就是上紧发条，让铁皮玩具滑稽地动起来。

但是，这样的疑问有时还是会涌上心头：如果被人问起时，那些名人会怎么回答呢？不对，很可能他们根本就没看过那些文章，甚至都没有意识到有人用他们的名字写了什么东西。一开始我觉得很不可思议，终日惴惴不安，但时间一久也渐渐看得开了。我只要做好自己该做的部分就好，其他问题是别人该考虑的事。

说实话，有时我与自己以一周一次的频率渐渐消逝的感情之间也有合不来的地方。对于自己被埋没在某个地方的感性，我实在无法承担起责任。但是，以每周一次的频率说服自己继续将这个工作进行下去，也过于匆忙了。星期六、日、一采访，星期二休息，星期三、四完成草稿，同时等待回复，星期五交稿，给采访地发完传真后开始校对。想来这七年的时间里，我做了三百五十回同样的事情。当然，在附近采访的时候，三天的采访工作两天就做完的情况也是有的。那些人有的也会亲自采访，执笔，虽然也要陪同采访，但他们写稿子的时候我相对就自由很多了。

我一直都在工作。

从二十二岁到二十九岁的七年时间里，我将心底蠢蠢欲动的各种疑问封锁起来，埋首于工作。七年来我不曾回顾过去，也没有直视过现在，只是一味把自己埋在每周四页的空间里，连思考和停下来的时间都没有，但于我来说，这未尝不是一件好事。

3

嘎吱嘎吱转个不停的发条突然发出了断裂声。听到那个声音的时候，我正坐在御藏岛的码头，眼前的太平洋反射着阳光，显出耀眼的银色。马上要入冬的大海显得威严，凛冽，似是连阳光都不愿吸纳。

眺望着波光粼粼的水面，心中有个声音迸发出来，那种感觉就像是支撑汽车某个部位的小弹簧弹出来了一样，小弹簧并不是汽车必不可少的零部件，但若少了它，车开起来多少会有些不圆滑，不顺畅。小弹簧顺势弹跳出来，撞到我体内类似发动机罩一样的地方，发出清脆的声响，滚落到了地上。

大海很美。

一望无边，充溢着与人疏离的威严。薄云尽头是太阳，阳光经过大海的反射，形成一条银带，延伸到脚边。被光映照成银色的云和闪闪发光的大海连成一体，让人再也辨别不出海平线在哪里。

“真是个好地方！”摄影师大森不住地说，连按快门。

成群的白额鹱发出响亮的呱呱声，飞来飞去追赶着鱼群，巨大的白色翅膀逆着光舞动。阳光透过翅膀，被分割成几条光束，洒向大海。

大海、天空、海鸟——复杂的阳光将这几个简单的要素烘托得异常鲜明。

看着眼前的景致，我一句话也说不出来。现在这种感慨也会在一周之内被埋没在什么地方吧，感情变得跟职业女摔角手一样坚强……我丧失的感情，最终都会去向何方？

“真好啊，真好啊！”身后传来大森的声音，听起来仿佛来自仙境。

我平静地看着大海，心想：错的不是这个世界，或许是我自己。身处仙境的人也许不是大森，而是我自己。一阵寒意袭来，似要把后背都冻住。我像遇到鬼压床一样，身体不能动弹丝毫。

“你要假装安慰体内那头伤痕累累的熊，让它乖乖在笼中睡觉。至为重要的是，你不能害怕它，而是要驯服它。”耳边响起石川的声音，虽然他的发型和轮廓依旧模糊，但声音却清晰地重现了。

“放到灵魂之笼里？”

“是的。”

“把我体内那头伤痕累累的熊放进去？”

“没错，不要让它躁动，不要让它失去控制。去安抚它，驯化它，让它在笼中沉睡。”

快升小学六年级的那个冬天，母亲去世了。那天是二月十四日，从那天开始，我就深陷在不可逆的浊流中，身不由己地被一路裹挟而去，不知流向何方。记忆全部开始变得模糊不清，像零散的雪花一样不可捉摸。

我没有和母亲的遗体告别。

也没有询问过别人她的死因。

有关葬礼的记忆也一概全无。

只是从那天起，母亲就再也没有回来过。几天后，几个大人来公寓开始整理房间，然后把我送到一个类似福利院的地方暂住。一个星期后，作为插班生，我被送进了札幌的一所小学。

没有任何解释，当然，我本来也没有选择的余地。

我大声哭闹着要见母亲，周围的大人只是皱皱眉，摇摇头。至于他们是什么人，我根本无从得知。

“为什么必须要让熊去笼子里睡觉？”

“因为它会袭击人。”

“袭击人？”

“是啊，再没有比受伤的熊更恐怖的东西了。那个受伤发怒的家伙，会接连不断地袭击人类，打飞人的脑袋，不由分说地用牙撕扯人的五脏六腑，再拖拽出来，鲜血会将大地染红。”

“那头熊在我的身体里吗？”

“是的，不过不光是你，每个人的身体里都有一头熊。”

在札幌市郊一所小学的教室里，我每周都会多次听到石川意志消沉地说起这些话。那种情景有点类似接受辅导，但很难说对那时候的我到底有什么用。虽然石川偶尔会说些让人不开心的话，但大多数情况下都像是越积越厚的雪，给人一种温柔的感觉。

我喜欢石川，最大的原因是从别人那里听不到关于母亲的事情，从他那里却能听到只言片语。

刚上初中不久，我就从石川那里获取了一些关于母亲死因的关键信息。或许小学毕业是一个节点，意味着获准可以多了解一些情况。当时我是这样想的。

我的母亲是自杀身亡的。

和一个有妻儿的男人殉情而死。

那个男人的家人坚称他不是自杀而是被人杀死的，无论如何都不能接受殉情这件事。而且那个男人是旭川商工会议所有名望的人，他的死在当地引起了轰动。

“所以，旭川市教育委员会决定，必须把你从那个地方救出来。”

我做出一副恳切接受辅导的模样，小心翼翼地从石川的话中抽取出关于母亲的部分。

那个男人曾经是我母亲上班的那家小酒吧的常客。母亲白天在超市当收银员，晚上则去小酒吧陪酒。

十八年前的二月十四日早上，我的母亲和那个男人在一家小旅馆合抱而亡，两人之间夹有炸药。六叠大小的和室里四处血肉模糊，内脏什么的已经完全无法辨别，据说警察甚至差点滑倒，他们还从地板上的花瓶里发现一个人的眼球。

听到这些事情的时候，我整个人都僵住了，不由得生出一股厌恶感。我本能地觉得，花瓶里的眼球是母亲的。一想到那场景，我就难受，以致接下来好多天都彻夜难眠。

一个人的夜里，我经常会看到温柔抚慰我的母亲的幻影，于是本来很普通的夜晚就会变得异常恐怖。

真的就像石川说的那样。

我必须把有关母亲的一切彻彻底底、完完全全地忘了，再把它们都关进灵魂之笼。然后再想点什么办法，让真实存在于我体内的伤痕累累的熊睡着。我必须这么做。

为了不让它发起疯来。

为了不让它把人撕成碎片。

为了保全自己，免受那头凶恶至极的猛兽的伤害。

“你怎么了，及川？”背后传来大森的声音。

恢复意识时，我正不停地往脚边的草地上吐着胃液。不知什么时候，太阳已经沉到了大海的那头，竭力将最后的光亮照向铅灰色的大海。

忍着胃部紧缩的剧痛和上半身的痉挛，我想，可能石川老师自始至终都没有真正存在过，仅仅是我为了活下去而凭空想出来的一个人。

“没事吧？”

“没事。”灼热的喉咙里好不容易挤出两个字。

“咱们准备回旅馆吧？”

“好的。”

大森比我大十二岁，总是和我保持一定距离，从不逾矩，打招呼时也很礼貌温柔。我们已经合作过几十次。每次看到美丽的风景，他就会不住地说“真好啊，真好”。偶尔他会惊呼着按下快门，让人受不了，但在其他事情上他一贯保持着绅士风度，是工作上的好搭档。

“没关系，我有时候也这样。”

“……”

“看到绝美风景的时候就会感动，震撼，说不出话来，心中一片空白，泪流不止。严重的时候甚至会呕吐。极致的美景，大概说的就是眼前这样的景象吧！”

如果我真是这样想的就好了。

我确实被从御藏岛俯瞰到的太平洋美景折服了，也被海面飞舞的光影感动，叹为观止。

但这些都不是原因。

沿着缓坡向下，走在回民宿的路上时，我几次用手按住胸口，侧耳倾听。遮蔽我身体的发动机罩上，有一个小弹簧弹了出来，发出嘎啦嘎啦的金属声。

我害怕了。

那声音持续不断，令人毛骨悚然，永不止息。

4

从札幌的初中毕业后，我去了广岛县读高中。

一直到大学毕业为止的生活费和学费，都是笃志家出的，并非他们特意选中了我，而是我恰好成了他们的扶助对象，即便不是我，也会有另外的人补上的。

略微隆起的小山丘上有一栋三层的钢筋混凝土建筑，在这栋荒凉的宿舍楼里，住着从全国各地来的因故失去父母的学生。这些人里有小学生，有大学生，还有看上去怎么也得有三十几岁的成年人。这是那些在步入社会靠自己赚取生活费之前必须依赖别人的资助才能活下去的学生的集合体。

我完全融入了那里的生活，就像静物画里不起眼的桌布一样。同母亲不在后我一直过着的生活别无二致，并没有很艰难。

要尽量不起眼。

要尽量和普通孩子有一样的行为举止。

总之最重要的事情就是这些。

剩下来的事就是长大了。

如果大学毕业找到工作按二十二岁算，那么我只要静静地、不出错地过完之前的日子就行了。不管什么时候，不管发生什么事，我只须安慰、驯服那头熊就可以了。

在那里住的人，不管是小学生还是初中生，有一半都本能地明白那个道理。所以那里安静得让人震惊。就连一天两次的吃饭时间，食堂都几乎没有喧哗。年龄大的孩子悉心照料年幼的，小学生在年长的人面前也出乎意料地听话。

我在鸦雀无声的食堂里，一边喝着已冷的味噌汤一边想：原来没有父母、没有家是这么孤独的一件事，孤独到连声音都没有。这也使得我特别不喜欢去食堂——周围明明有那么多伙伴，却痛切地感受到孤独，是一件让人痛苦的事情。

你们很强大。

而且一定会比我更强大。

你们忍受的痛苦我全知晓。

强大是种温柔。

你们一定会比我更温柔。

希望你们可以满怀自信和骄傲，

去过阳光灿烂的人生。

食堂墙壁上挂着的装裱起来的彩纸上，写着这样一首类似声援赞歌的诗。吃饭的时候，我经常望着它出神，想是谁写的这首诗。既然写出“比我更强大”这种话，一定是个对自己的强大颇有自信的人。纸的一角有落款，不过单单凭一个字无法判断。从使用了“忍受”这种词来看，大概是体育系的人吧。

想象那个人是什么模样是我热衷的消遣活动。光是想想是谁，心就莫名地怦怦跳个不停，我觉得一定是因为我喜欢那张彩纸。写完“满怀自信和骄傲，去过阳光灿烂的人生”后，在脑海里补上一句“像我一样”，然后微微一笑——他当时一定是这样的心情。拼尽全力装模作样地写完后，关键的落款却故意弄得让人猜不透，同样引人发笑。

孤儿院的人显然没有把这首诗当珍宝一样重视，它被放在食堂不起眼的角落，厨房飘散出来的油污将玻璃框染成牙垢一样的黄色。

我突然想到，如果是虎面人[①]，会不自觉地笑起来吧。

就这样，或许是这张彩纸激励了我，让我感受到了未知社会的气息，让我充满了希望。

世界或许比我想象的简单得多，也明亮得多。

吃完饭后，我回到房间。

上中学后，就可以住进四叠半左右的单人间。这里规定，晚上八点以后就不能再和其他人聊天，除此以外，晚饭后的时间基本上可以自由安排。这时候我一般会读书。二楼的图书馆里有高中三年都读不完的藏书，我从书架的一端开始慢慢读起。我已经预感到学习的重要性，不需要老师多说，我就清楚地意识到，那将会是我今后唯一的武器。因为我想过上“阳光灿烂的人生”。

房间里没有电视。

---

①日本职业摔角的面具选手角色，源自摔角漫画《虎面人》，主人公从小被寄养在孤儿院，长大后成了优秀的职业摔角手并捐助了孤儿院。后来新日本职业摔角联盟据此创造出了真实的“虎面人”角色。

唯一的家用电器就是之前住在这里的前辈留下的CD播放机。它被牢牢地粘在旁边的桌子上，从那里经常缓缓流出披头士乐队专辑《橡胶灵魂》的浅吟低唱。专辑也是前辈留下的，一直放在CD播放机里。

每天晚上，我都是听着它度过的。

没有其他CD，只有这一张，但听着听着竟越发喜欢起来。每次听到《米歇尔》这首歌，握着笔的手就会不自觉地停下，然后抬头望着窗外，寻找月亮的影子。我不知道为什么会这样，大概是条件反射吧。

每当找到月亮的时候，我的心都像被揪着一般难受，而找不到的时候又会觉得有点伤心。对于当时的我来说，那两种感受并不算多坏，反而甜如蜜糖，因为难受和伤心过后，心底一定会涌起温暖又丰富的感情。

我将来有一天也会恋爱的吧！

对方会是个什么样的人呢？

我是否能对他毫无保留地倾诉衷情呢？

我能和他说出母亲的事吗？

他能否将我心中满载的孤独托于掌上全盘接受呢？

高中三年，我埋头学习和读书，每天过着学校和宿舍两点一线的生活，对广岛那个地方几乎印象全无。最终，我获得了全额奖学金，作为免费生被送到东京一所私立大学读书。而我在东京的生活费，包括住宿费在内，由孤儿院继续提供。

出发去东京的那天早上，我早早起床，去食堂把装裱那首诗的玻璃框擦得干干净净。

虽然想拿走CD播放机，但后来想想还是留给后辈吧，于是放在屋内，没有带走。

我要对那两样东西致以最后的谢意。

擦完玻璃框后，我回到房间，打开窗户，按开CD播放机。温柔的春风沁人心脾，想到即将踏进东京那样的大城市，自然心有忐忑，但与此同时也满怀期待。

我打开CD播放机的盖子，将听了三年的CD也擦拭干净。将它放回原位时，泪水竟不由自主地流了下来。

要和它说再见了。

我应该永远都不会再回这个房间了，以后会有不认识的人住进来，用起这台CD播放机，就这样无数次无数次地循环往复。

变得更强大。

变得更温柔。

橡胶灵魂。

这是不认识的前辈给予我、而我又传递给下一个后辈的信息。

橡胶灵魂。

我又看了一眼那张 CD，将盖子盖上。

要变得更强大！

要成为一个温柔的人！

我要把从前辈那里继承而来的精神关在里边，留给未曾见过的后辈。所有我想告诉他的，都已经藏在了《橡胶灵魂》这张专辑的名字里。

5

从御藏岛回来后，左脚脚尖异常疼痛，甚至到了无法走路的地步。我忍着像被重度烫伤一样的疼痛，睡了两天两夜。好不容易脚不怎么疼了，令人发疯的偏头痛又接踵而来。头盖骨像是被锥子刺穿，痛感直达中枢神经。不断袭来的头痛加上由此引起的发烧，让我在床上翻来覆去，痛苦难耐。床头柜上装退烧药和止痛药的盒子早已空了。这样的状态一共持续了五天。

再怎么痛苦我都不想去医院，只是强打精神给事务所打了个电话，将撰写稿子一事委托给了别人。

即便是去医院，也不过是从医生那里拿到一些感冒药，可我知道，自己发烧和头痛并不是因为感冒。头痛刚好，肚子又疼了起来。我满头大汗，在床上打滚，似乎在遭受严刑拷打，这种状态持续了一个多月。刚习惯一个地方的伤病，疼痛又会向另一处猛攻。我面前似乎站着一个颇有头脑和手腕的刑讯官。

我好几次想给横井打电话，但终于还是忍住了。咬紧牙关，拼命忍耐，拽着头发，拼命忍耐。那个月里，横井给我打过两次电话。一听到他的声音，疼痛就像是被敷上止痛膏药一样得到了缓解。为了不让电话断掉，我拼命聊着、拖延着，诉说自己的苦痛，接着，以横井从来没听过的声音啜泣起来。

我哭着哀求他。

残酷无情的痛苦不断袭来，我终于知道了原因所在：一切都是因为有个弹簧飞出去了。就像汽车缺少零部件后会运转不灵一样，在我体内某个地方起着支撑作用的弹簧飞出去后，身体便失去平衡，引起了一连串的疼痛连锁反应。像我这种情况，即便神经麻木了或许也治不好。因为这疼痛源自深不见底的地方，是根植于精神世界深处的痛苦。

横井似乎有些为难。

或许真是这样。

我不能给他打电话，只能等他时间合适的时候打给我。上大学的时候，我和研讨班上比我大二十五岁的副教授有了这样的关系，并一直维持了七年多。一开始我就很清楚，横井已经成家，还有两个和我同岁的女儿。我在知晓一切的情况下和他相爱了。和横井在一起的时候，我能感受到一种有生以来从未有过的绝对的安全感。仅此一点就够了，我欣喜不已，再不奢求其他。有生以来第一次，我想把别人当成伙伴，不管怎么说，他都是我的初恋。

静静地，带着些许克制地，我爱上了横井。

那天终于来了，我不再仅仅是他的学生。那年我上大三。从开始到最后，横井温柔地接纳了我。第一次与异性发生关系的我，竟没有丝毫畏惧。我被横井抱着，感受着有生以来第一次接触到别人温暖身体的喜悦。横井的下体深入我的体内，温暖了我。

摩擦着我。

摩擦着，摩擦着，一直存在于我体内的孤独的冰块慢慢开始融化了。我什么都不求，只要能感受到那些冰块越变越小，我就满足了。

我当时想，那样的生活，就是属于我的阳光灿烂的人生。

我越痛苦就越不想多求什么，那么接下来的几年里，横井也一定会一直温暖着我。

在床上痛苦地翻来覆去时，我做了一个梦。

是关于母亲的一个梦。

“把所有不好的东西都锁到灵魂之笼里！”我像被施了魔法，自从听到石川老师这样说以后，就想着无论如何都要做到。

忘了吧！

忘了吧！

是关于母亲去世时的梦。

在六叠大小的阴暗和室里，母亲抱着一个男人席地而坐。男人咬紧牙关，似乎在忍耐着什么。母亲安抚着男人，待他在被窝里睡着后，母亲开始从一个黑色大包里不停地往外掏东西，准备着什么。

她开始在躺在被窝里的男人和自己头顶上方挂蚊帐，取出针线，将被窝的四角用蚊帐牢牢缝住。就像落入幻方中一样，转眼间他们两个人就被网围住了。

灵魂之笼。

母亲脸上浮现出柔和的笑容。

被灵魂之笼包围着的她静静地微笑着。

然后她从包里取出炸药，把男人叫醒，对他说了些什么。

“停下来！”

我使尽浑身力气拼命喊着，但声音传不到母亲的耳朵里。

“停下来！”

母亲把男人扶起来，面对面紧紧抱住他，然后取出绳子将两个人紧紧绑在一起。接着，巨大的爆炸声响起，蚊帐在一瞬间膨胀扭曲成狰狞的模样，旅馆的墙壁和天花板上鲜血四溅。

就像丝网印刷一样。

那一定是我的愿望。

发自内心的祈愿。

我希望一丝不苟又注重形象的母亲用蚊帐一类的东西保持自己身体的完整。而且，母亲撑起的蚊帐，正是灵魂之笼，将身体和灵魂都牢牢锁进其间，不让它们七零八碎。

“驯化它吧！”石川像在浅吟低唱般说道，“把你身体里那头伤痕累累的熊驯化，然后将它关到笼子里吧！”

空荡荡的教室里，石川的白衣反射着阳光，刺得人睁不开眼睛。

教室里有两个人——来回走动、抚慰着因失去母亲而精神遭受重创的少女的白衣石川，还有上小学六年级的我。

我依照石川所说，安抚着熊，饲养着它，努力把它关到笼子里。日复一日，我脑子里只有这件事——把一切都忘了，以此得到石川的夸奖。对于失去亲人、无依无靠的小学生来说，这是一件需要竭尽全力的事情。

“一切都可以被忘记。”这句话石川说过很多次。

“好的。”我的声音在空无一人的教室里回响。

“闭上眼睛。”

“好的。”

“想象一下，此刻你在灵魂之笼里，这是一个安静、平和、充满慈爱的地方。”

我闭上眼，拼命想象着那样的一个地方。石川在我身旁走来走去，脚步很轻。教室里回响着皮鞋走动的声音，突然那个声音在我身后停止了。

站在我身后的石川开始解我的衬衫扣子。

“静静地。”

“……”

我闭着眼睛，像在接受检查似的，浑身僵硬得一动不动。最后石川温暖的双手开始在我的胸部四处游走，感觉像有爬虫爬过一样，不过要更顺滑些。我紧闭双眼，忍耐着。石川开始用手慢慢揉我隆起的胸部。一种无来由的恐惧将我整个人冻结起来。他用指尖揪住我左胸的乳头，慢慢地、反复地揉捏。

我忍耐着。

一阵阵恶寒袭来，我的腿颤抖不已。

“那里安静吧？”

“……”

石川抽出双手，灵活地将我的衬衫扣子扣上，然后又说了一次：“你会忘了的。”他说完就走了，留下紧闭双眼、呆坐不动的我一个人在教室。

接连不断的痛苦让我精疲力竭。我终于明白飞出去的那个零部件是什么了，那是石川在我精神世界里植入的一个弹簧。

一个叫“忘了吧”的零件。

它发出声音，弹跳了出去。

我遵照石川的指示，过完初中、高中、大学，又走上社会过了整整七年。只要把过去不好的事情扔进灵魂之笼，埋到身体深处，总能活下去。让精神麻木，只管往前走。这就是我二十九岁之前的人生。

但是幻方破裂了。

因为很简单的一件事，再简单不过的一件事。

忘记一切，我做不到。

我忘不了十七年前石川触摸我时的感觉。之后的半年里，石川一如既往地对我进行心理辅导，仿佛什么事情都没发生过。有时候我会问自己，难道那只是一个梦，是我幻想出来的吗？当时我紧紧地闭着眼，没有一个人看到那件事。第二天石川和我见面时，又是一副和蔼可亲的绅士模样。

但是答案很简单。

那件事真实发生过。

虽然或许无法证明，但石川真的做那件事了。

记忆破网而出，又唤醒了新的记忆，无法抑制地在我体内奔流不息。这就是不断让我痛苦的根源所在。

我怎么可能忘记。

我无法做到将一切抹去。

接下来，我若无其事地继续生活，虽然明白却佯作不知，只顾往前。这个荒唐的习惯从小学延续到了现在。而我付出的代价，便是把自己也扔进了灵魂之笼。本该丢失的记忆被割裂，身体被横冲直撞、浑身是伤的熊一次次撕开，骨头也被咬碎。我和母亲一样，被炸药炸成了碎片。“把爸爸还给我，你这个疯子！”小女孩声嘶力竭的哭喊变成一把冰锥，生生地刺进我的身体。母亲去世的第二天，一个电话打了过来。我根本无法握住电话听筒，它从放电话的柜子上耷拉下来，在空中摇来摇去，听筒里传来的嘶喊声却不绝于耳。听筒似乎和那个声音有了共鸣，在我眼前摇晃着。

我痛苦着，挣扎着，倒在床上打滚。那种状态一直持续了三个多月，终于有一天，我清楚地看到床的上方出现了网一样的东西。毫无疑问，那一定是母亲准备的蚊帐。我不由觉得自己的精神也快要爆发、四散了。我已不知在这种环境里痛苦了多久，只是无意识地紧紧捂着双眼。

6

一天，有人敲响了房门。

我勉强站起来，穿过不存在的网，向玄关走去。透过门镜，只见上司福泽和大森站在门口。

“开门。”

“……”

“及川，你在里边的话就请把门打开。”

“……”

“再不开门的话，我们就去找房东拿备用钥匙了，好吗？”

我费力地扭开门锁。

福泽环视了一下我的房间后说道：“怎么成了这个样子？”

我倒在大森怀里，失去了意识，恍惚间听到他的询问：“没事吧及川？”

醒来的时候，我躺在医院雪白的病床上。

我不知昏睡了几天，也不知现在是什么季节。本该瘦骨嶙峋的手臂似乎长胖了些，上面插着固定好的粗针管，针管另一端连着输液瓶。阳光透过窗户照射进来，输液瓶像利刃一样闪闪发光。

我说不出话。

我无法起身，甚至无法用手遮挡光，只是大概知道这里是医院，接着便再次陷入漆黑一片、深不见底的昏睡中。

“及川！”听到有人在叫我，男人的声音和女人的声音交替而至。本想侧耳细听，但感觉只要一睁开眼，疼痛和苦闷便会再次袭来，于是我选择了放任不管。只要不睁开眼睛，我就可以继续在这个没有疼痛和苦闷的地方躺着，直到死去的那天，七十岁也好，八十岁也罢，就这样一直躺到生命的最后一刻。

我想到了横井。

我被困在笼中的几个月里，他一次都没有向我伸出过援手。对于他，我从没有奢望过什么，没有约会，没有情书，没有礼物，只有一次通过电话哀求他“帮帮我”。

但是，交往七年的他竟连一句话都不愿多听，只留下“最近我女儿要结婚了”这么一句不知所云的话。

那就是分手的台词吧，我躺在病床上回想着那一幕。竟也可以有那样的分手台词。

遗憾的是，我一点都不强大，也丝毫不温柔。我的人生里没有骄傲，也没有光明。想来想去，发现这就是自己的人生，说起来我本该为此大哭一场。

“及川！”耳边又响起呼唤声。

我慢慢睁开双眼。

“醒了吗？”穿着白大褂的男人说道。我点了点头，没有说话。

我身上该是有多少毛病？年轻医生像木刻的人偶一样动着脑袋，眼睛一眨一眨地对我解释病情。我看到他的圆珠笔在病历本上依次写下了“营养失调、带状疱疹、十二指肠溃疡、肝功能障碍”和其他一些病症，然后是“神经衰弱”，最后以“抑郁症”作结，还在后边用括号将“重度”二字强调了一下。

医生一脸喜悦地对我解释着，表情就像是刚做好的人偶第一次获准可以动起来一样兴奋。

似乎最重要的事情是睡眠。什么都不想，只管去休息，将深入骨髓的疲劳彻底消除。只此一种方法可以重获业已耗尽的精力。

“为什么要把我叫醒？”我由衷地问道。

医生露出一脸“你说什么”一样的表情看着我，然后夸张地忽闪着眼睛。他的脸部轮廓清晰，不过略显呆滞，长着一只匹诺曹那样的鼻子。

接下来的日子里，我在病床上一睡不起，每天都会拿到许多抗抑郁药、安眠药和针对其他病症的药物。大脑就像正在萎缩的泡泡，一片混沌。药物横亘在我与现实之间，我总是隔着模糊的塑料板看世界。不过这样至少能帮我躲开足以致命的子弹。

我把这种感受告诉了匹诺曹。

“太棒了！”他说。

“你说什么？”

“及川，这种表述太棒了！如果模糊感渐渐消退，塑料板变成透明的玻璃就好了。我们一起努力让它慢慢成真，最后小心翼翼地悄悄把那块玻璃抽掉，而且说不定到时候玻璃早已经自己消失了，那样就太好了！”

说到并肩作战，匹诺曹只能算是个无情的伙伴。不过，除了他以外，我也没有可以依赖的人了。

我在医院已经住了半年多了。

被送到医院三个月后的一天，我知道了那家医院位于三鹰市，而且是一家以精神科为主要科室的综合医院。

准确来说，我的伙伴或许该称为“匹诺曹和化学反应”。嘴里含着的白色药片进入身体后，产生复杂的化学反应。这会对我的神经产生多大影响，我无法想象。不过从化学反应的结果来看，至少心情变得轻松了。它杜绝了我一有机会就想潜回笼子拥抱黑暗的想法。治疗时而有用时而没用，反反复复。先麻醉一半神经，观察情况，接着小心地释放百分之五的神经，再继续观察，如果失败，就重新回到百分之五十的安全地带。那也意味着几周以来的治疗功亏一篑了。不过，属于我的百分之五十的地带异常地坚不可摧，匹诺曹经常安慰似的笑着对我说：“还不错啊。”

母亲的葬礼是在她去世两周后举行的，那时我已经被送到了札幌。我自然不被允许出席，只是在葬礼结束几天后接到了象征性的通知。夜深人静时分，我躺在病床上想，当时的葬礼是什么样子的呢？合抱炸药而亡的两个人，五脏六腑和身体发肤一定已经不分彼此、乱作一团了，不可能识别清楚。原本属于母亲的部分变成那个男人的一部分，烧成了灰烬，只能一起入葬。那一定正如母亲所愿——超越生死，浑然一体。母亲想要的，只是这些。想到这里，我彻底清醒了，纵使吃了大量安眠药，也无法入睡。

身体变成别人的一部分、共同赴死的一瞬间，母亲应该感受到了难以言表的喜悦吧，四处飞溅的细胞想必也得到了无比震撼的快感。

于是我想，那个时候，母亲一定很幸福。

在住院的半年间，我从同室病友的收音机里听到了两则难以想象的新闻。

其中一则是在栃木县发生的事故。

一个马上就要上小学的男孩，为了帮弟弟捡掉进水库的鞋子，在自家附近溺水而亡。据说那是一双刚买不久的红色鞋子。事发时周围一个大人都没有，警察赶到时，发现哥哥陷在水库深处的淤泥里。

另一则是发生在山口县的事故。

一个女孩的哥哥在她上初中时遭遇车祸去世。女孩上高一时，在哥哥丧生的地方被卡车撞倒身亡。自从哥哥去世后，女孩每周都会坐着母亲开的车，去哥哥丧生的地方献花。那天她献完花准备回车上时，被一辆从下关开过来的载重两吨的卡车撞飞了。

为弟弟着想的年幼哥哥和悼念兄长的高中生妹妹——我听到的便是这样两个让人伤感的死亡悲剧。

弟弟的小红鞋被水冲走的一瞬间，马上就要上小学的哥哥是怎样想的？看着小帆布鞋离岸边越来越远，弟弟哭喊了起来。不要哭，我去把鞋子拿回来。哥哥使尽全力，鼓起小小的勇气跳到水里，别哭，我会把鞋子拿回去的。他把自己小小的身体伸展开，努力探出手，但还是够不着，反而离弟弟心爱的鞋子越来越远。他的身体慢慢沉到了水底，危险！可是我要拿到弟弟心爱的鞋子……

山口县的女孩被时速九十公里的卡车撞飞时，飘在天空中的她在想什么？再往前五米，就会摔到还没开门的杂货店前的水泥路面上。她总是把花放到哥哥丧生处的护栏上，而母亲的车也一如既往地停在杂货店前的空地上。那天她准备回到车上时，悲剧发生了。两年多的时间里，这个体贴温暖的女孩每周都去献花，一次都没缺席过，可是她的体贴却被无情地撞飞到空中。在车里等待的母亲亲眼看到了那一幕。到头来对哥哥的惦念，却将她带向了死亡。

在医院的病床上听到那两则新闻后，我心中涌起苦闷，久久不能释怀。我究竟在为什么烦恼，到底受了怎样的伤害，又为什么非得服用这么多药，成天躺在病床上，一躺就是半年？其间，年幼的哥哥和妹妹失去了生命，那体贴他人的温柔之心也随之消逝，简直就是牺牲。

忍耐一下吧。

我决心已定。

我再也不要被关在笼子里了，我要从灵魂之笼里出来。我必须鼓起勇气，而赋予我这种勇气的，正是那两个素昧平生的灵魂。

好起来吧！

振作起来吧！

因为我的身边有枥木县的水库、山口县的国道这样美丽的日本。

7

温度计显示已经零下十五度了。旭川开始变得朦胧，但空气还没完全冻结。大森和我坐在公园的长椅上，静静地等着气温下降。

三天前，电视上说旭川马上就要迎来寒潮，我兴奋得坐不住，于是给大森打去了电话。旭川空气中的水汽凝结之后会像碎钻一样熠熠发光，那种景象无论如何我都要拍下来。

“空气？！”大森在电话那头喊了起来。

“没错，就是空气。”

“把空气拍下来？”

“对啊。”

“太难了。”

从三鹰市的医院出院后，我马上和上司福泽商量了一下我的生计问题。以后的日子里，我需要持续服药，如果没有工作根本活不下去。

“要不考虑一下做个自由职业者？”福泽建议道，“我相信你的能力。这七年里，无论多棘手的项目，你都能圆满完成。”

“谢谢夸奖。”

“该说谢谢的人是我。我经常在反思，以前让你在工作上付出太多了。你的主治医生特意找我问过话。”

“是匹诺曹吗？”

“对，就是那个木下医生。”

“然后呢？”

“我被他狠狠训了一顿。他仔细询问了你这七年来的工作情况，然后说：‘她的病完全是过度劳累所致，而给她施压、把她逼到精神崩溃境地的，正是你们公司。我完全可以开具这样的证明。’”

“匹诺曹居然那么强势？”

“是啊，简直是怒气冲天。”

没想到像木刻的人偶一样晃动着脑袋、眼睛一眨一眨、只会耐心地说着“慢慢来慢慢来”的匹诺曹，性情竟然这么急躁。

“他还威胁我说就算是告到劳动基准监督署也在所不辞。”

“是吗？匹诺曹好帅！”

“所以我要向你道歉。”

“那太不好意思了。”

“还有呢，他说他可以不向劳动基准监督署提起诉讼，但有一个条件，那就是要让你在接下来的两年里自由地做和以前一样的工作。还说一周一次工作量太大，应该减至一个月一次，并且薪水和以前不能有太大出入。”

“什么？还提了条件？”

“是的。我自然很欣赏你，更欢迎你回事务所工作。不过你现在有病在身，要不要考虑一下木下医生的建议？虽然这算不上什么道歉。”

“具体来说呢？”

“你之前供稿的那家出版社以后要出月刊了，‘这样美丽的日本’栏目也打算出WIDE版，他们说想让你负责。而且是用你自己的名字，当然笔名也无妨。”

“地点和摄影师呢？”

“都由你决定。”

继栃木县的水库和山口县的国道以后，第三个景点我选在了旭川。

听到寒潮来袭时，我脑海里突然冒出了这个想法。我想把有关母亲的记忆原点——旭川那闪闪发光的空气中的颗粒拍下来。那种光辉足以支撑起杂志的首页。

手表显示深夜两点了。

可能由于没有风，感觉不是那么冷。但是飞机降落到旭川机场时我心中那种惴惴不安的情绪到现在仍未消散。

我很害怕。

已经十九年了，这是自那天以后我第一次回旭川。

有关母亲的为数不多但坚不可摧的记忆，像完美无瑕的结晶一样冻结起来。街道也是当时的样子，静默无言。

我坐在公园的长椅上，静静等待冰晶在空中重新闪耀的时刻。那天，那个独自等待母亲回来的小学生，也是被这样的光辉包围着。

我祈祷着，等待着。

等待着那一夜将我包围的灿烂光辉。

复诊的时候和木下商量过来旭川的事，他听后满脸阴云密布："我不反对，但也不赞成。"现在的我，已经到了准备迅速抽掉终于变透明了的玻璃的时候。如果发生什么意外，就会粉身碎骨万劫不复。所以木下认为，我应该静静地等待那块玻璃慢慢消失。

但是我不肯让步。

如果我不去旭川，不去直视已经忽视了十几年的现实，那么不知道什么时候就会再次陷入灵魂之笼。我必须尽早面对现实，并做出某种决定。我不想再回到灵魂之笼里，过那种痛苦地满地打滚的日子。我想趁着有药物的保护，怀着坚定的信念向前迈步。

“坚定的信念？”

“没错，是医生您在我心里建筑起来的堡垒。”

“既然这样的话……”

“可以吗？”

“当然。就算你有病在身，我也不能限制你的行动。”

“谢谢。”

“但有一个条件。”

“医生请说。”

“从旭川回来后，要马上来这里见我。”

“知道了。”

“我们说好了。”

“好的，说好了。”

回程班机上午十点半起飞，只剩下六个小时了，但是气温一直停留在零下十五度，没有下降的趋势，昨天和前天也是这样。而冰晶形成的气温条件，至少要在零下二十度左右。

“好像够呛。”大森说话时嘴里像蒸汽机车一样冒出白烟。他准备好了灯光、反光板等一系列摄影设备，一直在等待，可是空气虽然变得朦胧白浊，但还没有冻结。“不过我觉得眼前的景象也够梦幻的了，毕竟空气朦胧白浊了。我已经被打动了。”

“还不行。”

“是吗？”

“我想要的完全不是这样。”

“要不把机票取消，我们再等一天看看？”

我知道大森接下来要去冲绳拍摄。如果不回东京，直接从北海道去冲绳，再多等一天可能也无妨。

但我犹豫了。

因为一想到大森的设备，就感到过意不去，更何况谁也不能保证明天晚上冰晶就一定会出现。

怎么办？

“及川啊……”

“嗯？”

“就这样吧！”

“……”

“我们再等一天看看。”大森用明快的声音说道。

“可以吗？”

“不管可不可以，我自己也想看看。”

8

到了要回东京的那天。

天色尚早，我一个人向市图书馆走去。一想到接下来要做的事，我就两腿发软，这种时候我会用尽所有的勇气，把全部力量集中在一起，像榨干葡萄柚最后一滴汁液一样。

答案出乎意料地简单。

只用了十分钟，查询的结果便出来了。

它登载于十九年前《北海道新闻》旭川版的日报上，二月十五日社会版里短短的一篇报道。

旭川市一家旅馆发生殉情事件

十四日凌晨，旭川市丸友旅馆内发生炸药爆炸殉情事件，一男一女当场死亡。经确认，男子为旭川市的野田川一政，女子身份不明。

我的手微微颤抖着。

反反复复读了那篇报道很多次。

看到末尾那句冷漠的“女子身份不明”，我心里五味杂陈，却没有哭。图书馆里人不多，鸦雀无声，就像这十几年间我身处的地方一样。哪怕细小如铅笔掉落的声音，都能在房间里产生回音。我担心有人意识到我的存在。

我就是那个“身份不明女子”的女儿。

“你们很强大，而且一定会比我更强大。”我小声念着，尽量不让人听到声音。

“你们……很强大……”

我该为自己感到骄傲吧。

遭遇了这种不幸，我却连一次都没有怨恨过母亲。我确实做到了。只不过我一直都很想念母亲，一直都想再见母亲一面。

“你们……很强大……”

我应该为这样的自己感到骄傲，为没有怨恨过母亲，只是思念她、祈祷着能再见到她的自己，为十九年来一直这样茕茕孑立活到现在的自己。

我应该感到骄傲，为坐在这座不小的图书馆里的“身份不明女子”的女儿感到骄傲。

我慢慢站起来，开始做下一件应该做的事。

旭川只有五户人家姓“野田川”，我记下他们的电话，离开图书馆，去了一家咖啡店。按着电话按键的手果然还是颤抖了，我几度想要放弃，可在那样的时刻，我就又会想起伸手去探红色小皮鞋的男孩的勇气，和为哥哥献花的少女的纯真。

第三户人家反应最为强烈，听声音是个年长的女人。

“我是及川。”

话出口的瞬间，电话那头传来女人颤抖的声音。“真的吗？真的吗？你就是及川的女儿？”接下来是一阵短暂的沉默。

“您知道我母亲的墓地在哪里吗？如果知道请告诉我。”

在我提出这样的请求后，电话那头传来这样的声音。“马上来我家一趟。别磨蹭了，赶紧过来。”

我照着她给我的地址去了野田川家。门口站着一个老奶奶，看见我后踏雪走了过来。

“你就是及川吗？”

“嗯。”

“叫什么？”

“美绪。”

“哦，小美绪啊。”说完，穿着和服的老奶奶抱住了我，用力抚摸着我的后背。

“真可怜，真可怜啊！”

“……”

“很冷吧？”

“……”

“可怜的姑娘，孤苦伶仃地活到现在。”老奶奶哭着说，“对不起，小美绪，真是对不起！”

我站在那里，一动不动。

但能感觉到被抚摸的后背渐渐温暖起来，这种温暖阔别已久，像极了母亲双手传来的温度……本来是来此道歉的我，居然听到这么大年纪的老奶奶一个劲儿地向我道歉。我被叫到野田川家，听到了母亲的事情，听到的事实和这十九年来自己的猜测相差甚远。

“你的母亲是一个善良的人。”老奶奶握着我的手说道，“简直就像神一样。我的儿子得了不治之症，但她没有放弃我那个将死的儿子，而是牺牲了自己送他上路。没有人可以做到这种事情，但是你母亲做到了。她简直就是像神一样的人！”老奶奶握着我的手，一遍一遍反复说着，泪水掉落到了我的手上。“对不起。”她呜咽着。

“母亲她，”我以几不可闻的声音说道，“是个善良的人啊。”

“嗯，像神一样。”

“原来她是个善良的人啊……”

我们又坚持等了一天，但那天晚上冰晶仍旧没有出现。空气只是止于白浊，再没有任何进展。

坐在飞往羽田机场的飞机上，我忍着袭来的睡意，想到了在零下十五度的深夜坐在公园里等着空气冻结的大森。他恐怕已经扛着和冲绳摄影工作完全不相干的沉重设备，从旭川赶往千岁，现在应该飞到四国上空了。

“及川。”大森认真地看着我。

“怎么了？”

“我还会再来一次的。”

“啊？”

“我一定会再来旭川一次，拍下冰晶的。”

我透过飞机的舷窗眺望北海道的大地，想起了有同样感触的那一天。

那天，我从札幌前往广岛。刚刚初中毕业的我有生以来第一次坐飞机，在飞机上的一角浑身颤抖。我不知道那时候的自己在怕什么。飞机穿越云层，直冲天际。

我在害怕。

那一刻，我一定在消失不见、升到天空的母亲的魂魄之上。可能正是因为意识到了那件事，我才害怕不已。把我一个人扔下自顾自死去的母亲，一定想象不到我能到达这么高的地方。云层闪闪发光，那是母亲的想象无法企及的地方。

一定是那样。

十五岁的我颤抖不已。

我害怕自己到达了比母亲的魂魄更高的地方，于是颤抖不已。

我从老奶奶那里知道了所有的事情。母亲送癌症晚期深受折磨的野田川一政上路，并陪他一同赴死，这件事在野田川家是个美谈。他们自杀后，一政和他母亲之间的大量信件被曝光，死因才终于被人所知。但我也注意到，那件事最后并没有一个确切的说法。

母亲为什么会选择那种异常激烈的自杀方法呢？为了和罹患癌症的情人一同赴死，那种方法实在令人难以置信。

一定是母亲身体里那头伤痕累累的熊被放了出来。母亲虽然知道，但已经控制不住它，不知何时何地它就要对别人露出獠牙。那头熊在母亲的身体里发了疯似的横冲直撞。母亲知道已经不能再跟它和平共处了，于是选择了将其毁灭。母亲的温柔面容已经不复存在，但那头伤痕累累的熊还在她的身体里，所以母亲拉起了蚊帐，不是为了防止五脏六腑四处飞散，而是为了把那头熊关在蚊帐里，不让它变成碎片逃出去。最终，母亲点燃了导火线。

一定是那样。

母亲是为了不将那头伤痕累累的熊放出来。

我闭上眼，又睁开，反反复复。透过窗户可以看到整个北海道的轮廓，跟地图上描绘的别无二致。

昨天晚上，我在大森面前放声痛哭。

一开始是小声啜泣，哭着哭着，我再也控制不住，变成号啕大哭。那时我们已放弃拍摄，在旭川市郊一家彻夜营业的破败小酒馆里坐了下来。

店里只有我和大森两个客人。

我们从深夜两点半待到五点，一直没有人来。在这家只有收银台和小隔间的酒馆，我们坐在收银台一侧喝着日本酒。

为了让冻僵的身体暖和起来，我们飞快地将一杯杯温酒喝下肚。大森遗憾地反复说道：“我一定会再来这里挑战一次！”

收银台上放着一只木刻的棕熊，嘴里叼着一条比人脸还要大的鲑鱼。

我把白天发生的事毫无隐瞒地告诉了大森。如果不这样做，一切就会在太阳升起后化为泡影，消失得无影无踪。

我是凌晨四点左右开始哭的，那一瞬间我突然确信，自己已经从灵魂之笼里出来了，而且将来也不会再进去。

我这样想着，更加泪流不止。大森不明所以，但也跟着哭了起来。我们两个人就这样像傻瓜一样扯着嗓子，没有理由没有意义地哭到了天亮，真的就像傻瓜一样。

我现在飞在什么地方呢？这里比母亲的灵魂所在之处更高还是更低呢？

不久，飞机开始飞越大海。

云朵在身边悄无声息地飘来飘去。

收录两用机的深夜节目已经结束，变成了早间新闻。酒馆老板按下开关，换上磁带。一首我听过无数次的曲子，从收银台上简陋的黑色机器里传了出来。

听到那首歌，我停止了哭泣。

大森也相当配合地不再哭了。

音质不是那么好，音量也不是很大，但是旋律中充盈着哀伤，从收录两用机里缓缓地流淌出来。

橡胶灵魂——

那张专辑，成为我精神世界的鞋底，一直支撑着我。《漂泊者》之后，又播了几首曲子，然后到了《米歇尔》。

“谢谢《橡胶灵魂》。”我喃喃自语。

大森的双眼失去焦点，没有任何反应。

“谢谢《橡胶灵魂》。”这一次我念出了声。

我从一个不知其名、未见其人、连其性别都不知道的宿舍前辈那里得到了这张专辑。多亏那个人，我才能穿着橡胶底的鞋子活到了现在。就是那只橡胶鞋底，让我奋力挣脱笼子，逃了出来。

我再也不害怕了。看着飞机舷窗外的景色，我知道，再也没有什么能让我害怕了。

将我从那个笼子里救出来的，不是白色药剂产生的化学反应，而是不知不觉中围绕在我身边的那些人的善意。我一直被善意包围着。至今他们仍在守护着我。

俯瞰着一望无际的云海，我想到了这些。

这十九年来，难道我不是一直活在母亲布下的那张网中并被其支配着吗?

如今，必须和它诀别了。

虽然无法忘记，但是到了应该分别的时候了。

母亲扔下了我。

至今为止，我一次都不肯接受这个事实，但是母亲确实扔下了我。

她或许很善良，或许像神一样，但她扔下了我是无法否认的事实。

所以，我也要扔下母亲，为了骄傲地活下去，为了比任何人都希望我那样活下去的母亲。

湛蓝的晴空在厚厚的云层之上铺展开来，我伸手遮住射进来的阳光。不必去在意再也见不到的东西，晴空的那一边只会连接着另一片新的晴空。

图书在版编目(CIP)数据

孤独或类似的东西 / (日)大崎善生著 ; 崔健译
. -- 天津 : 百花文艺出版社, 2017.10
ISBN 978-7-5306-7331-7

Ⅰ. ①孤… Ⅱ. ①大… ②崔… Ⅲ. ①短篇小说-小说集-日本-现代 Ⅳ. ①I313.45

中国版本图书馆CIP数据核字(2017)第210453号

著作权合同登记号 图字:02-2017-204

孤独或类似的东西
〔日〕大崎善生 著
崔健 译

出 版 方 百花文艺出版社
地 址 天津市和平区西康路35号 邮编 300051
电话传真 +86-22-23332651(发行部)
+86-22-23332656(总编室)
+86-22-23332478(邮购部)
主 页 http://www.baihuawenyi.com
发 行 方 新经典发行有限公司
电话(010)68423599 邮箱 editor@readinglife.com
经 销 新华书店

策划编辑 崔 健
责任编辑 魏 青
特邀编辑 张莹莹
装帧设计 李照祥
内文制作 田晓波

印 刷 北京中科印刷有限公司
开 本 850毫米×1168毫米 1/32
印 张 6
字 数 98千
版 次 2017年10月第1版
印 次 2017年10月第1次印刷
书 号 ISBN 978-7-5306-7331-7
定 价 35.00元